천년의 우리소설

1

사랑의 죽음

千년의 우리소설 1
사랑의 죽음

박희병·정길수 편역

2007년 9월 10일 초판 1쇄 발행
2024년 4월 15일 초판 5쇄 발행

펴낸이 한철희 | 펴낸곳 돌베개 | 등록 1979년 8월 25일 제406-2003-000018호
주소 (10881) 경기도 파주시 회동길 77-20 (문발동)
전화 (031) 955-5020 | 팩스 (031) 955-5050
홈페이지 www.dolbegae.co.kr | 전자우편 book@dolbegae.co.kr

책임편집 김희동 | 편집 이경아·윤미향·김희진·서민경·이상술
표지디자인 민진기디자인 | 본문디자인 박정은·이은정·박정영
제작·관리 윤국중·이수민 | 마케팅 심찬식·고운성
인쇄 한영문화사 | 제본 경인제책사

ⓒ 박희병·정길수, 2007

ISBN 978-89-7199-283-8 04810
ISBN 978-89-7199-282-1 (세트)

이 도서의 국립중앙도서관 출판시도서목록(CIP)은 e-CIP 홈페이지
(http://www.nl.go.kr/cip.php)에서 이용하실 수 있습니다.(CIP제어번호: CIP2007002633)

천년의 우리소설

천년의 우리소설 1

사랑의 죽음

박희병 · 정길수 편역

돌베개

간행사

이 총서는 위로는 신라 말기인 9세기경의 소설을, 아래로는 조선 말기인 19세기 말의 소설을 수록하고 있다. 즉, 이 총서가 포괄하고 있는 시간은 무려 천 년에 이른다. 이 총서의 제목을 '千년의 우리소설'이라 한 이유가 여기에 있다.

근대 이전에 창작된 우리나라 소설은 한글로 쓰인 것이 있는가 하면 한문으로 쓰인 것도 있다. 중요한 것은 한글로 쓰였는가 한문으로 쓰였는가 하는 점이 아니다. 오늘날의 관점에서 볼 때 그런 것은 그다지 중요하지 않다. 정말 중요한 것은 문예적으로 얼마나 탁월한가, 사상적으로 얼마나 깊이가 있는가, 그리하여 오늘날의 독자가 시대를 뛰어넘어 얼마나 진한 감동을 받을 수 있는가 하는 점일 터이다. 이 총서는 이런 점에 특히 유의하여 기획되었다.

외국의 빼어난 소설이나 한국의 흥미로운 근현대소설을 이미 접한 오늘날의 독자가 한국 고전소설에서 감동을 받기란 쉬운 일

이 아니다. 우리 것이니 무조건 읽어야 한다는 애국주의적 논리
는 이제 더 이상 통하지 않는다. 과연 오늘날의 독자가 『유충렬
전』이나 『조웅전』 같은 작품을 읽고 무슨 감동을 받을 것인가.
어린 학생이든 혹은 성인이든, 이런 작품을 읽은 뒤 자기대로 생
각에 잠기든가, 비통함을 느끼든가, 깊은 슬픔을 맛보든가, 심미
적 감흥에 이르든가, 어떤 문제의식을 환기받든가, 역사나 인간
에 대한 이해를 증진시키든가, 꿈과 이상을 품든가, 대체 그럴 수
있겠는가? 아마 그렇지 못할 것이다. 그럼에도 이런 종류의 작품
은 대부분의 한국 고전소설 선집 속에 포함되어 있으며, 중고등
학교에서도 '고전'으로 가르치고 있다. 그러니 한국 고전소설은
별 재미도 없고 별 감동도 없다는 말을 들어도 그닥 이상할 게 없
다. 실로 학계든, 국어 교육이나 문학 교육의 현장이든, 지금껏
관습적으로 통용되어 온 고전소설에 대한 인식을 전면적으로 재
검토해야 할 시점에 이르렀다. 이 총서는 이런 문제의식에서 출
발한다.

　이 총서가 지금까지 일반인들에게 그리 알려지지 않은 작품들
을 많이 수록하고 있음도 이 점과 무관치 않다. 즉, 이는 21세기
의 한국인들에게 어필할 수 있는 새로운 한국 고전소설의 레퍼토
리를 재구축하려는 시도인 것이다. 이 점에서 이 총서는 그렇고
그런 기존의 어떤 한국 고전소설 선집과도 다르며, 아주 새롭다.
하지만 이 총서는 맹목적으로 새로움을 위한 새로움을 추구하지

는 않았으며, 비평적 견지에서 문예적 의의나 사상적·역사적 의의가 있는 작품을 엄별해 수록하였다. 그리하여 우리는 이 총서를 통해, 흔히 한국 고전소설의 병폐로 거론되어 온, 천편일률적이라든가, 상투적 구성을 보인다든가, 권선징악적 결말로 끝난다든가, 선인과 악인의 판에 박힌 이분법적 대립으로 일관한다든가, 역사적·현실적 감각이 부족하다든가, 시공간적 배경이 중국으로 설정된 탓에 현실감이 확 떨어진다든가 하는 지적으로부터 퍽 자유로운 작품들을 가능한 한 많이 독자들에게 소개하고자 한다.

그러나 수록된 작품들의 면모가 새롭고 다양하다고 해서 그것으로 충분한 것은 아닐 터이다. 한국 고전소설, 특히 한문으로 쓰인 한국 고전소설은 원문을 얼마나 정확하면서도 쉽고 유려한 현대 한국어로 옮길 수 있는가의 여부에 따라 작품의 가독성은 물론이려니와 감동과 흥미가 배가될 수도 있고 반감될 수도 있다. 이 총서는 이런 점에 십분 유의하여 최대한 쉽게 번역하기 위해 많은 고심을 하였다. 하지만 쉽게 번역해야 한다는 요청이, 결코 원문을 왜곡하거나 원문의 정확성을 다소간 손상시켜도 좋음을 의미하지는 않는다. 이런 견지에서 이 총서는 쉬운 말로 번역해야 한다는 하나의 대전제와 정확히 번역해야 한다는 또 다른 대전제—이 두 전제는 종종 상충할 수도 있지만—를 통일시키기 위해 많은 노력을 기울였다.

한국 고전소설에는 이본異本이 많으며, 같은 작품이라 할지라도 이본에 따라 작품의 뉘앙스와 풍부함이 달라지는 경우가 비일비재하다. 그뿐 아니라 개개의 이본들은 자체 내에 다소의 오류를 포함하고 있다. 따라서 하나하나의 작품마다 주요한 이본들을 찾아 꼼꼼히 서로 대비해 가며 시시비비를 가려 하나의 올바른 텍스트, 즉 정본定本을 만들어 내는 일이 대단히 긴요하다. 이 작업은 매우 힘들고, 많은 공력功力을 요구하며, 시간도 엄청나게 소요된다. 이런 이유 때문이겠지만, 지금까지 고전소설을 번역하거나 현대 한국어로 바꾸는 일은 거의 대부분 이 정본을 만드는 작업을 생략한 채 이루어져 왔다. 하지만 정본 없이 이루어진 이 결과물들은 신뢰하기 어렵다. 정본이 있어야 제대로 된 한글 번역이 가능하고, 제대로 된 한글 번역이 있고서야 오디오 북, 만화, 애니메이션, 드라마, 영화 등 다른 문화 장르에서의 제대로 된 활용도 가능해진다. 뿐만 아니라 정본에 의거한 현대 한국어 역譯이 나와야 비로소 영어나 기타 외국어로의 제대로 된 번역이 가능해진다. 이런 점에서 본다면 작금의 한국 고전소설 번역이나 현대화는 대강 특정 이본 하나를 현대어로 옮겨 놓은 수준에 머무는 것이라는 한계를 대부분 갖고 있는바, 이제 이 한계를 넘어서야 할 시점에 이르렀다. 이 총서에 실린 대부분의 작품들은 2년 전에 내가 펴낸 책인 『한국한문소설 교합구해校合句解』에서 이루어진 정본화定本化 작업을 토대로 하고 있는바, 이 점에서 기존의 한국 고전소설 번역서들과는 전적으로 그 성격을 달리한다.

나는 『한국한문소설 교합구해』의 서문에서, "가능하다면 차후 후학들과 힘을 합해 이 책을 토대로 새로운 버전version의 한문소설 국역을 시도했으면 한다. 만일 이 국역이 이루어진다면 이를 저본으로 삼아 외국어로의 번역 또한 생각해 볼 수 있을 것이다"라고 말한 바 있다. 바야흐로, 한국 고전소설을 전공한 정길수 교수와의 공동 작업으로 이 총서를 간행함으로써 이런 생각을 실현할 수 있게 되어 대단히 기쁘게 생각한다.

이제 이 총서의 작업 방식에 대해 간단히 언급해 두고자 한다. 이 총서의 초벌 번역은 정교수가 맡았으며 나는 그것을 수정하는 작업을 하였다. 정교수의 노고야 말할 나위도 없지만, 수정을 맡은 나도 공동 작업의 취지에 어긋나지 않게 최선을 다했음을 밝혀 둔다. 한편 각권의 말미에 첨부한 간단한 작품 해설은, 정교수가 작성한 초고를 내가 수정하며 보완하는 방식으로 작업하였다. 원래는 작품마다 그 끝에다 해제를 붙이려고 했는데, 너무 교과서적으로 비칠 염려가 있는 데다가 혹 독자의 상상력을 제약할지도 모르겠다는 생각이 들어 이런 방식으로 바꾸었다.

이 총서는 총 16권을 계획하고 있다. 단편이나 중편 분량의 한문소설이 다수지만, 총서의 뒷부분에는 한국 고전소설을 대표하는 몇 종류의 장편소설과 한글소설도 수록할 생각이다.

이 총서는, 비록 총서라고는 하나, 한국 고전소설을 두루 망라

하는 데 목적이 있지 않다. 그야말로 '千년의 우리소설' 가운데 21세기 한국인 독자의 흥미를 끌 만한, 그리하여 우리의 삶과 역사와 문화를 주체적으로 돌아보고 성찰하는 데 도움이 될 만한, 그럼으로써 독자들의 심미적審美的 이성理性을 충족시키고 계발하는 데 보탬이 될 만한 작품들을 가려 뽑아, 한국 고전소설에 대한 인식을 바꾸고 확충하고자 하는 것이 본 총서의 목적이다. 만일 이 총서가 이런 목적을 어느 정도 달성했다는 평가를 받게 된다면 영어 등 외국어로 번역하여 비단 한국인만이 아니라 세계 각지의 사람들에게 읽혀도 좋지 않을까 생각한다.

2007년 9월

박희병

차례

심생전

이옥

심생[1]이라는 이는 서울 선비다. 약관의 나이에 용모가 매우 준수했고 풍치 있는 마음이 넘쳐흘렀다.

심생이 운종가[2]에서 임금님 행차를 구경하고 돌아오는 길이었다. 실하게 생긴 여종 하나가 한 여인을 자줏빛 비단 보자기로 덮어씌워 업고 가는 것이 보였다. 또 다른 여종 하나는 붉은 비단 꽃신을 들고 그 뒤를 따르고 있었다. 보자기 겉으로 드러난 여인의 몸매를 어림해 보니 어린아이는 아닌 듯싶었다. 심생은 바짝 뒤를 쫓으며 졸졸 꽁무니를 따라가기도 하고 소매를 휙 스치며 그 앞을 지나기도 하면서 한시도 보자기에서 눈을 떼지 않았다.

소광통교[3]에 이르렀을 때 문득 앞에서 회오리바람이 일더니 자

1. **심생沈生** '심씨 성의 선비'라는 뜻.
2. **운종가雲從街** 지금의 종로 2가 일대. 당시 서울의 중심지였다.
3. **소광통교小廣通橋** 을지로 1가와 2가 사이에 있던 다리.

줏빛 보자기가 홀렁 반쯤 젖혀졌다. 복사꽃 같은 뺨에 버들잎 같은 눈썹을 가진 소녀의 얼굴이 살포시 보였다. 초록 저고리에 붉은 치마를 입었고 화장을 짙게 한 것이 얼핏 보기에도 절세미인이었다. 소녀 또한 어떤 미소년이 남색 저고리를 입고 초립을 쓴 채 왼쪽으로 오른쪽으로 따라 걸으며 자신에게 추파를 던지는 것을 보자기 속에서 희미하게나마 보았다.

그러다 보자기가 벗겨지자 버들잎 같고 별 같은 눈동자, 두 사람의 눈이 서로 마주쳤다. 소녀는 놀랍고도 부끄러워 보자기를 여며 다시 덮어쓰고 떠났다. 심생이 여기서 그만둘 리 있겠는가. 곧장 뒤따라갔으나 소공주동⁴ 홍살문⁵ 안에 이르러 소녀는 어느 집 중문⁶으로 들어가 버렸다.

심생은 멍하니 뭔가 잃어버린 듯이 한참을 서성였다. 그러다가 이웃의 한 노파를 만나 소녀의 사정을 자세히 들을 수 있었다. 노파의 말에 의하면, 그 집은 호조戶曹에서 회계 일을 맡아보다 퇴직한 중인中人의 집으로, 딸 하나가 있는데 나이가 열예닐곱 살에 아직 시집가지 않았다는 것이었다. 소녀가 거처하는 방을 묻자 노파가 손가락으로 가리키며 말했다.

꽃꽃꽃꽃

4. **소공주동**小公主洞 지금의 서울 중구 소공동 일대.
5. **홍살문** 궁전·관아·능·묘 등의 앞에 세우던 붉은 칠을 한 문.
6. **중문**中門 대문 안에 다시 세운 문.

"이쪽 골목길로 죽 들어가면 회칠한 담장이 나오고, 담장 안을 보면 곁방이 하나 있을 거유. 거기가 바로 그 처녀가 기거하는 방이라우."

심생은 이 말을 잘 기억해 두었다.

저녁이 되자 심생은 집에 이렇게 거짓말을 했다.

"같이 공부하는 아무개가 밤을 함께 보내자고 해 오늘 밤에 가 봐야겠습니다."

마침내 인정[7]이 되자 심생은 소녀의 집 담장을 넘어 들어갔다. 엷은 노란색 달이 막 떠오르고 있었다. 창밖의 꽃나무들이 꽤나 아담하였고, 등불은 창호지를 환히 비추고 있었다. 심생은 벽에 등을 기댄 채 처마에 의지하고 앉아 숨죽이고 때를 기다렸다. 방 안에는 여종 두 사람이 있었고, 소녀는 소리를 낮추어 꾀꼬리가 지저귀듯이 한글소설을 읽고 있었다.

밤 12시쯤 되자 여종들은 이미 깊이 잠들었고 소녀는 그제야 등불을 불어 끄고 잠자리에 들었다. 그러나 한참 동안 잠을 이루지 못하는 게 전전반측 누군가를 생각하는 성싶었다. 심생은 감히 잠자지도 못하고 또 감히 소리를 내지도 못하며 그대로 앉아 있다가 파루[8] 종이 울리자 다시 담장을 기어 넘어 밖으로 나왔다.

꿈꿈꿈꿈

7. **인정人定** 인정종人定鐘. 당시 매일 밤 10시 무렵에 종을 쳐 통행을 금지하였다.
8. **파루罷漏** 통행금지를 해제하기 위해 종각의 종을 서른세 번 치던 일.

심생은 이때부터 이 일이 습관처럼 되어, 날이 저물면 소녀의 집에 갔다가 새벽녘에야 집으로 돌아오는 일을 되풀이했다. 20일 동안이나 이렇게 하고도 여전히 게으름 부리는 일이 없었다.

소녀는 초저녁엔 소설을 읽거나 바느질을 하다가 한밤중이 되면 등불을 끄고 그대로 잠들기도 하고 혹 번뇌하며 잠을 이루지 못하기도 했다. 심생이 그런 지 6, 7일째쯤 되는 날, 소녀는 문득 몸이 좋지 않다며 저녁 8시 무렵부터 자리에 누웠다. 소녀는 자주 손으로 벽을 치며 길고 짧은 한숨을 내쉬었는데, 그 소리가 창밖까지 들려왔다. 이런 일은 날이 갈수록 심해졌다.

20일째 밤이었다. 소녀는 홀연 대청마루 뒤로부터 벽을 따라 돌아 나와 심생이 앉아 있는 자리에 나타났다. 심생은 캄캄한 어둠 속에서 불쑥 일어나 소녀를 붙잡았다. 소녀는 조금도 놀라지 않으며 소리를 낮추어 이렇게 말했다.

"낭군은 소광통교에서 만났던 그분 맞죠? 저는 처음부터 낭군이 와 계시는 걸 알고 있었어요. 벌써 스무날째 밤이군요. 이 손 좀 놓으셔요. 제가 소릴 지르면 여기서 나갈 수 없을 거예요. 제 말대로 하시면 저쪽 뒷문을 열고 낭군을 맞이할 게요. 어서 제 말대로 하셔요."

심생이 이 말을 믿고 물러서서 기다렸다. 소녀는 다시 벽을 따라 빙 돌아 방으로 들어가더니 여종을 불러 말했다.

"어머니께 가서 주석으로 만든 큰 자물쇠를 좀 가져오너라. 밤이 너무 깜깜해서 누가 들어올까 봐 무섭구나."

여종이 내당內堂으로 가더니 얼마 안 있어 자물쇠를 가지고 왔다. 소녀는 심생과 약속했던 뒷문으로 가 자물쇠를 걸고는 손수 열쇠로 딸가닥 소리를 내며 자물쇠를 채웠다.

그러고는 즉시 방으로 돌아가 등불을 불어 껐다. 아무 기척도 내지 않고 깊이 잠든 체했지만 실은 잠자지 않고 있었다. 심생은 속은 것이 분하면서도 그나마 얼굴이라도 한번 보게 된 것을 다행스럽게 여겼다. 그날도 잠긴 문 앞에서 밤을 새우고 새벽에 돌아갔다.

심생은 이튿날에도 가고 그 이튿날에도 갔다. 그러나 감히 잠긴 문을 열어 달라고는 하지 못했다. 비 오는 날이면 비옷을 입고 갔으며 옷자락 젖는 것쯤 마다하지 않았다. 이렇게 또 열흘이 지났다.

한밤중이었다. 온 집안이 모두 달게 짐들었고 소녀 또한 등불을 끈 지 오래였다. 그런데 소녀가 갑자기 벌떡 일어나더니 여종에게 불을 켜라 이르고 이렇게 말했다.

"너희들, 오늘 밤은 내당에 가서 자거라!"

두 여종이 문을 나서자, 소녀는 벽 위에서 열쇠를 가져다 자물쇠를 풀더니 뒷문을 활짝 열고 심생을 불렀다.

"낭군! 방으로 들어오셔요."

심생은 생각해 볼 겨를도 없이 어느새 몸이 먼저 방에 들어와 있었다. 소녀가 다시 문을 잠그고 심생에게 말했다.

"잠시만 앉아 계셔요."

마침내 내당으로 가더니 부모님을 모시고 왔다. 소녀의 부모는 심생을 보고 깜짝 놀랐다. 소녀가 말했다.

"놀라지 마시고 제 말을 들어 보셔요. 제 나이 열일곱, 그동안 문밖에 나가 본 적이 없었지요. 그러다가 지난달 처음으로 집을 나서 임금님의 행차를 구경하고 돌아오던 길이었어요. 소광통교에 이르렀을 때, 불어온 바람에 보자기가 걷혀 올라가 마침 초립을 쓴 낭군 한 분과 얼굴을 마주치게 되었지요. 그날 밤부터 그분이 매일 밤 오셔서 뒷문 아래 숨어 기다리신 게 오늘로 이미 삼십일이 되었네요. 비가 와도 오고 추워도 오고 문을 잠가 거절해도 또한 오셨어요.

제가 이리저리 요량해 본 지 이미 오래되었답니다. 만일 소문이 밖에 퍼져 이웃에서 알게 되었다 쳐 보세요. 저녁에 들어와 새벽에 나가니 누군들 낭군이 그저 창밖의 벽에 기대 있기만 했다고 여기겠어요? 실제로는 아무 일이 없었건만 저는 추악한 이름을 뒤집어써서 개에게 물린 꿩 신세가 되고 마는 거지요.

저분은 사대부 가문의 낭군으로, 한창나이에 혈기를 진정하지 못하고 벌과 나비가 꽃을 탐하는 것만 알아 바람과 이슬 맞는 근심을 돌아보지 않으니 얼마 못 가 병이 들지 않겠어요? 병들면 필시 일어나지 못할 테니, 그리된다면 제가 죽인 건 아니지만 결국 제가 주인 셈이 되지요. 남들이 알지 못하더라도 언젠가는 이에 대한 앙갚음을 당하고 말 거예요.

게다가 저로 말할 것 같으면 중인 집안의 처녀에 지나지 않지요. 절세의 미모를 가진 것도 아니요, 물고기가 숨고 꽃이 부끄러워할 만큼 아름다운 얼굴도 아니잖아요. 그렇건만 낭군은 못난 솔개를 보고는 송골매라 여기고 이처럼 제게 지극 정성을 다하시니, 이런 데도 낭군을 따르지 않는다면 하늘이 저를 미워하고 복이 제게 오지 않을 게 분명해요.

제 뜻은 결정되었어요. 아버지, 어머니도 걱정 마셔요. 아아! 부모님은 늙어 가시는데 자식이라곤 저 하나뿐이니, 사위를 맞아 그 사위가 살아 계실 적엔 봉양을 다하고 돌아가신 뒤엔 제사를 모셔 준다면 더 바랄 게 뭐 있겠어요? 일이 어쩌다 이렇게 되고 말았지만 이것도 하늘의 뜻입니다. 더 말해 무엇 하겠어요?"

부모는 묵묵히 할 말을 잊었고 심생 또한 할 말이 없었다.

심생은 잠시 후 소녀와 잠자리를 같이 했다. 목마르게 원하던 터였으니 그 기쁨은 짐작하고도 남음이 있다.

심생은 이날 밤 소녀와 동침한 이래 저녁에 가 새벽에 돌아오는 일을 하루도 거르지 않았다. 소녀의 집은 본래 부유해서 심생을 위해 화려한 옷을 많이 장만해 주었다. 그러나 심생은 집에서 이상하게 볼까 봐 그 옷을 입지 못했다.

심생은 비밀을 깊이 감추었지만, 심생의 집에서는 심생이 밖에서 자고 오래도록 돌아오지 않는 것을 의심하게 되었다. 마침내 심생은 산속 절에 가서 공부에 전념하라는 분부를 받았다. 심생은 불만스런 마음에 우울하게 집에 머물다가 벗들에게 이끌려 책을 싸 짊어 메고 북한산성으로 올라갔다.

선방禪房에 머문 지 한 달이 가까워 올 즈음, 어떤 이가 찾아와 소녀가 쓴 한글 편지를 전했다. 뜯어보니 이별을 알리는 유서였다. 소녀는 이미 죽었던 것이다. 그 편지 내용은 대략 다음과 같았다.

봄추위가 아직 매서운데 절에서 하시는 공부는 잘되시는지요? 늘 그리워하며 잊을 날이 없답니다.

낭군이 가신 뒤 우연히 병이 생겼어요. 병이 차츰 골수에까지 미쳐 약을 먹어도 소용이 없으니, 이제 곧 죽게 될 듯합니다. 저처럼 운명이 기박한 사람이 살아 봐야 무엇 하겠어요? 다만 세 가지 큰 한이 마음속에 구구하게 남아 있어 죽어도 눈을 못 감겠군요.

저는 본래 무남독녀인지라, 부모님의 사랑을 듬뿍 받고 자랐어요. 부모님은 장차 데릴사위를 얻어 늘그막에 그에 의지해 훗날의 계책을 세워 보려 하셨지요. 그러나 뜻하지 않게 좋은 일에 마가 끼고 악연이 얽히고설켜 천한 제가 지체 높은 낭군과 만났으니, 같은 신분의 사위를 얻어 오순도순

살리라던 꿈은 모두 어그러지게 되었어요. 이 때문에 제가 시름에 빠지고 끝내는 병들어 죽기에 이르렀으며 늙으신 부모님은 이제 영영 기댈 곳이 없어졌으니, 이것이 첫째 한입니다.

여자가 시집가면 비록 계집종이라도 거리의 창녀가 아니고서야 모두 남편이 있고 시부모가 계시지요. 세상에 시부모가 알지 못하는 며느리는 없는 법이랍니다. 그러나 저는 남의 눈을 피해 살아, 몇 달이 지나도록 낭군 댁의 늙은 여종 한 사람 본 일이 없어요. 살아서는 부정한 자취요 죽어서는 돌아갈 곳 없는 혼이 되고 마니, 이것이 둘째 한입니다.

아내가 남편을 섬기는 일이란 음식을 잘해 드리고 옷을 잘 만들어 입혀 드리는 일일 거예요. 우리가 만난 이래로 지나간 시간이 길지 않다고 할 수 없고 제가 손수 만든 낭군의 옷도 많지 않다고 할 수 없겠지요. 그러나 낭군의 집에서 낭군께 밥 한 그릇 대접한 일이 없고 옷 한 벌 입혀 드릴 기회가 없었어요. 낭군을 모신 것이라곤 오직 잠자리에서뿐이니, 이것이 셋째 한입니다.

만난 지 얼마 안 되어 급작스레 이별하고 병들어 누워 죽음이 가까워 오건만 낭군의 얼굴을 보고 마지막 작별 인사를 할 수도 없군요. 이런 아녀자의 슬픔이야 무슨 말할 만한 가치가 있겠어요? 생각이 여기까지 이르니 애간장이 끊어지고 뼈가 녹으려 해요. 연약한 풀은 바람 따라 흔들리고 시든 꽃은 흙이 된다지만, 아득히 깊은 이 한은 어느 날에야 그칠까요?

아아! 창을 사이에 두고 만나던 것도 이로써 끝입니다. 낭군께서는 천한 저 때문에 마음 쓰지 마시고 더욱 학업에 정진하시어 하루빨리 벼슬길에 오르시기 바랍니다. 부디 안녕히 계셔요. 부디 안녕히 계셔요.

편지를 본 심생은 울음이 터져 나오는 것을 참을 수 없었다. 그러나 소리 내어 통곡해 본들 이미 어쩔 수 없는 일이었다.

그 뒤 심생은 붓을 던지고 무과에 나아가 벼슬이 금오랑[9]에 이르렀으나 그 또한 일찍 죽고 말았다.

매화외사[10]는 말한다.

"내가 열두 살 무렵 시골 서당에서 공부하던 시절에는 날마다 동무들과 옛날이야기 듣기를 좋아했다. 하루는 선생님께서 심생의 일을 매우 자세하게 이야기해 주시고는 이렇게 말씀하셨다.

9. 금오랑金吾郎 종5품 벼슬인 의금부義禁府 도사都事를 말한다.
10. 매화외사梅花外史 작자인 이옥李鈺의 호.

'심생은 내 어린 시절의 동창생이다. 이 사람이 절에서 편지를 읽고 통곡할 때 내가 곁에서 지켜보았더랬다. 급기야 심생이 겪은 일을 듣게 되었고 지금까지 잊지 못하고 있다.'

또 이런 말씀도 하셨다.

'너희들더러 이 풍류스런 사내를 닮으라고 이 이야기를 해 준 게 아니다. 사람이 어떤 일에 대해서든 반드시 이루겠다는 뜻이 있다면 규방 여인의 마음도 얻을 수 있거늘, 하물며 글을 짓고 과거에 합격하는 일이 그보다 어렵겠느냐?'

우리는 그때 이 이야기를 듣고 참신한 이야기라 여겼는데, 훗날『정사』¹¹라는 책을 읽어 보니 이와 비슷한 것이 꽤 많았다. 이에 심생의 일을 적어『정사』의 '보유'¹²로 삼는다."

11.『정사』情史 명나라 때의 문인 풍몽룡馮夢龍이 남녀 애정과 관련된 중국 역대의 이야기를 모아 엮은 책. 총 24권에 840여 편의 글이 담겨 있다.

12.『정사』의 '보유' '보유'補遺는 빠진 내용을 보충한다는 뜻이다.『정사』의 몇몇 권 뒤에 '보유' 항목을 두고 추가 작품을 수록하였기에 한 말이다.

운영전

수성궁¹은 안평대군²의 옛집으로, 서울 서쪽의 인왕산 아래에 있다. 이곳은 산천이 수려하며, 용이 서리고 호랑이가 웅크린 형상을 하고 있다. 그 남쪽에 사직³이 있고 동쪽에는 경복궁이 있다. 인왕산의 한 줄기가 굽이굽이 휘돌아 내려오다 수성궁 앞에 이르러 우뚝 일어선다. 비록 높고 험준하지는 않으나 산에 올라 내려다보면 큰길에 늘어선 시장이며 성 가득 으리번쩍한 집들이 바둑판의 바둑돌 모양, 하늘의 별들 모양 펼쳐져 있어 하나하나 손가락으로 가리킬 수 있고, 베틀에다 실을 가로세로로 짜 놓은 것처럼 구획이 뚜렷하였다. 동쪽으로는 아득히 궁궐이 바라보여

<hr/>

1. **수성궁壽成宮**　원래 문종文宗의 후궁이 거처하던 별궁이었다.
2. **안평대군安平大君**　세종世宗의 셋째 아들 이용李瑢을 말한다. 계유정난癸酉靖難(1453)으로 강화江華에 유배되었다가 교동喬洞으로 옮겨져 죽음을 당했다. 시문詩文에 뛰어났고 당대의 명필이었으며, 그림과 음악에도 조예가 깊었다.
3. **사직**　사직단社稷壇을 말한다. 나라에서 백성의 복을 빌기 위해 토지의 신인 사社와 곡식의 신인 직稷에게 제사를 올리던 곳이다.

구름다리가 하늘을 가로지르고 있고, 구름 안개가 쌓여 내는 비
췻빛이 아침저녁으로 자태를 드러내니, 참으로 경치가 빼어난 곳
이라 할 만하다. 당대의 술꾼들과 활쏘기 즐기는 이들, 노래하고
피리 부는 아이들, 시인이며 서화가들이 꽃 피는 봄날이건 단풍
지는 가을날이건 날마다 여기서 노닐며 자연을 노래하고 즐기다
가 집에 가는 것도 잊는다.

청파⁴에 사는 선비 유영柳泳은 이곳 경치가 아름답다는 말을 하
도 들어 여기서 한번 노닐고 싶은 마음이 있었다. 그러나 옷이 남
루하고 얼굴빛도 꾀죄죄하여 놀러 온 길손들에게 비웃음당할 것
이 뻔하기에 그쪽으로 발길을 옮기려다가도 머뭇머뭇한 지 오래
였다.

만력萬曆⁵ 신축년(1601) 3월 16일, 유영이 막걸리 한 병을 사서는
아이종도 친구도 하나 없이 혼자 술병을 차고 궁궐 문을 들어서
니 보는 사람마다 모두 돌아보며 손가락질하고 비웃었다. 유영은
창피하고 무안하여 후원後園으로 들어갔다. 높은 곳에 올라 사방
을 바라보니, 전쟁을 겪은 지 얼마 안 된 터라 서울의 궁궐이며
성 가득 화려한 집들이 모두 사라지고 없었다. 무너진 담장, 깨진
기와, 못 쓰게 된 우물, 무너진 계단에 초목이 무성하고 오직 동

4. **청파靑坡** 지금의 서울시 용산구 청파동 일대.
5. **만력萬曆** 명나라 신종神宗의 연호. 1573~1619년.

쪽에 겹채 몇 카만 덩그러니 남아 있었다.

유영은 서쪽 정원의 샘과 바위가 그윽한 곳으로 걸어 들어갔다. 온갖 풀들이 빽빽이 자라 그 그림자가 맑은 연못에 드리워져 있고 땅 가득 떨어진 꽃잎에는 사람 지나간 흔적이 없는데, 산들바람이 불자 향기가 가득 퍼졌다. 유영은 홀로 바위 위에 앉아 소동파[6]의 시 한 구절을 읊조렸다.

반쯤 지나간 봄날 조원각朝元閣에 오르니
뜰에 가득한 꽃잎 아무도 쓸지 않았네.[7]

유영은 차고 온 술병을 풀어 술을 모두 마시고는 취하여 돌을 베개 삼아 바위 한 켠에 누웠다.

얼마 뒤 술이 깨어 눈을 들어 보니 놀던 사람들이 다 흩어지고 없었다. 산은 달을 토하고 안개는 버들잎을 감싸고 바람은 꽃잎에 살랑 불었다. 그때 한 줄기 가녀린 목소리가 바람을 타고 들려왔다. 유영이 이상하게 여겨 일어나 보니 소년 한 사람이 젊은 미인과 정답게 마주 앉아 있었다. 소년은 유영이 다가오는 것을 보

6. 소동파 송나라의 문장가 소식蘇軾을 말한다. '동파'東坡는 그의 호.
7. 반쯤 지나간~쓸지 않았네 소동파의 시 「여산」驪山의 일부이다. '조원각'은 당나라 현종玄宗이 여산에 세운 누각 이름.

고 반갑게 일어서서 맞이했다. 유영이 인사하고 물었다.

"수재[8]는 어떤 분이시기에 낮에 놀지 않고 밤을 택하여 노십니까?"

소년이 빙긋이 웃으며 말했다.

"옛사람이 '처음 만나 오랜 친구처럼 이야기를 주고받는다'라고 한 말이 꼭 이런 경우로군요."

셋은 둘러앉아 이야기를 나누었다. 여인이 낮은 목소리로 "애야!" 하고 부르자 여종 둘이 숲 속에서 나왔다. 여인이 여종에게 말했다.

"오늘 밤 옛사랑을 만난 이 자리에서 생각지 않던 훌륭한 손님을 만났구나. 오늘 같은 밤을 적막히 보낼 수는 없으니, 너희들은 술과 안주를 마련하고 붓과 벼루를 가져오너라."

두 여종이 분부를 받고 나가더니 잠시 후 돌아오는데, 마치 새가 날아서 오가는 듯 몸놀림이 가벼웠다. 유리로 만든 술동이에는 좋은 술이 그득하고 은쟁반에는 진귀한 과일과 안줏거리가 벌여 있었다. 백옥으로 만든 잔에 술을 따라 마시니, 술이며 안주의 맛이 모두 인간 세상의 것이 아니었다. 술 석 잔을 마시자 여인이 새로운 곡조의 노래를 불러 술을 권했는데, 그 노랫말은 다음과 같았다.

꽃과 꽃잎

8. **수재秀才** 미혼 남자를 높여 부르는 말.

깊고 깊은 곳에서 임 이별한 뒤

인연은 다하지 않았건만 만날 길 없었네.

우리가 나눈 사랑 정녕 꿈이던가

화려한 봄날에 얼마나 자주 마음 상했던고.

지난 일은 이미 먼지 되어 사라졌건만

지금도 괜시리 눈물 적시네.

노래를 마치고 탄식하며 울음을 삼키는데, 구슬 같은 눈물이 얼굴에 가득하였다. 유영이 이상하게 여기고는 일어나 절하고 말했다.

"제가 비록 훌륭한 글을 짓는 재주는 없으나 일찍부터 학업을 일삼아 글 쓰는 일을 조금은 압니다. 지금 이 노랫말을 듣자니 격조가 맑고 탁월하면서도 담긴 뜻은 슬프고 처량하니 참으로 괴이합니다. 오늘 밤의 모임은 날빛이 그림 같고 맑은 바람이 솔솔 불어 족히 즐길 만하거늘, 마주하여 슬피 우시는 까닭이 무엇인지요? 함께 술을 몇 잔 마셔 사귄 정이 이미 두터워졌는데 아직 서로 이름도 밝히지 않고 가슴속의 생각도 펼치지 못했으니, 이 또한 의아합니다."

유영이 먼저 제 이름을 말하고 다른 두 사람의 이름을 거듭 물었다. 소년이 탄식하며 대답했다.

"이름을 밝히지 못하는 데는 이유가 있습니다만, 이토록 알고 싶어 하시니 알려 드리는 것이 뭐 그리 어렵겠습니까? 허나 말씀을 드리자면 사연이 길답니다."

소년은 한참 동안 서글픈 표정을 짓더니 이렇게 말했다.

"제 성은 김입니다. 나이 열 살에 글을 잘 지어 서당에서 이름이 났고, 열네 살에 진사 시험에 합격해 당시 사람들이 모두 김진사라고 불렀지요. 저는 어린 마음에 호방한 기운과 호탕한 뜻을 억제하지 못해 이 여인과 인연을 맺었습니다. 그 때문에 부모님이 물려주신 몸을 지키지 못하고 끝내 불효를 저질러 천지간의 한 죄인이 되고 말았으니, 죄인의 이름은 굳이 알아 무엇 하시겠습니까? 이 여인의 이름은 운영雲英이고, 저 두 아이의 이름은 녹주와 송옥입니다. 모두 옛날 안평대군의 궁녀들이랍니다."

유영이 말했다.

"말을 꺼내고 다 하지 않으시면 아예 안 하신 것만 못하지요. 안평대군 시절의 성대했던 일들과 진사가 마음 상한 까닭을 소상히 들어 볼 수 있겠습니까?"

김진사가 운영을 돌아보고 말했다.

"세월이 많이 흘렀는데, 그 당시 일을 기억할 수 있겠소?"

운영이 대답했다.

"마음속에 쌓인 원망을 어느 날엔들 잊었겠어요? 제가 한번 이야기해 볼 테니 낭군이 곁에서 빠진 부분을 보충하여 기록해 주셔요."

그러고는 여종에게 이렇게 분부했다.

"네가 벼루 시중을 들도록 하여라."

운영이 이야기를 시작하였다.

세종대왕의 여덟 대군 중에 안평대군이 가장 총명하여 임금께서 매우 아끼며 무수히 상을 내리셨습니다. 그래서 토지며 노비며 재산이 여러 왕자들 중에서도 단연 많았지요. 안평대군이 열세 살에 사궁私宮으로 나가 사니 그곳이 곧 수성궁이었습니다. 대군은 선비의 학업을 자임하여, 밤에는 독서하고 낮에는 시를 짓거나 서예를 하며 잠시도 허투루 시간을 보낸 적이 없었습니다. 당대의 문인들이며 재주 많은 선비들이 모두 대군의 문하에 모여 서로 기량을 겨루면서 새벽닭이 울 때까지 열심히 토론을 벌이기도 했지요. 대군은 또 서예에 특출하여 나라 안에 명성이 높았습니다. 문종文宗께서 세자로 계시던 때 집현전 학사들과 함께 안평대군의 서예를 논하시면 늘상, "내 아우가 만일 중국에서 태어났더라면 비록 왕희지[9]에는 못 미친다 하더라도 조맹부[10]에게는 뒤지지 않을 게야!"라고 말씀하시며 칭찬하기를 그치지 않으셨답니다.

9. **왕희지王羲之** 동진東晉의 서예가.
10. **조맹부趙孟頫** 원元나라 때의 서화가.

하루는 안평대군이 궁인들에게 말했습니다.

"천하 여러 대가들의 재주는 반드시 편안하고 고요한 곳에서 연마한 뒤에야 완성되는 법이다. 도성 문밖은 산천이 고요하고 마을과 약간 떨어져 있으니, 이곳이라면 정신을 집중해서 학업에 몰두할 수 있을 것이야."

그러고는 즉시 그곳에 열두세 칸 되는 학당學堂을 짓고 '비해당'[11]이라는 현판을 걸었습니다. 또 그 옆에 단을 하나 세우고 '맹시단'[12]이라고 이름을 지었습니다. 두 곳 모두 명분에 따르고 의리를 생각한다는 의미를 담고 있지요. 당대의 뛰어난 문장가들이 모두 맹시단에 모였습니다. 그중 문장으로는 성삼문[13]이 으뜸이요 서예로는 최흥효[14]가 으뜸이었습니다만, 모두 안평대군의 재주에는 미치지 못했지요.

하루는 대군이 술에 취한 참에 여러 궁인들을 불러 이렇게 말했습니다.

"하늘이 재주를 내리시매 어찌 남자에게만 넉넉하고 여자에게는 인색하게 하셨을 리 있겠느냐? 지금 세상에 문장으로 이름을

---

11. **비해당**匪懈堂 '비해'는 게으르지 않는다는 뜻. 인왕산 북쪽 기슭인 지금의 서울 종로구 부암동이 그 터이다.
12. **맹시단**盟詩壇 '맹시'는 시 짓기를 맹세한다는 뜻.
13. **성삼문**成三問 세종~단종 때의 학자·문신으로 사육신死六臣의 한 사람.
14. **최흥효**崔興孝 세종 때의 문신·서예가.

"내세우는 이들이 적다고는 할 수 없으나 모두 그만그만한 수준이어서 우뚝 빼어난 이가 없구나. 너희들은 분발하도록 해라!"

그리하여 궁녀 중에서 나이 어리고 용모가 아름다운 열 사람을 뽑아 가르쳤습니다. 먼저 『소학언해』[15]를 가르쳐 모두 외게 한 뒤에 『중용』·『대학』·『논어』·『맹자』와 『시경』·『서경』·『통감절요』[16]를 가르치고, 또 이백李白과 두보杜甫의 당시唐詩 수백 수를 가르치니, 5년 안에 과연 모두 재주를 이루었습니다.

대군은 집에 들어와서는 저희들을 항시 눈앞에 두고 시를 짓게 한 뒤 지도했고 작품의 잘잘못을 품평하여 상벌을 내림으로써 더욱 분발하게 만들었지요. 궁녀 열 사람의 시로 말할 것 같으면, 그 우뚝하고 큰 기상은 대군에 미치지 못하였으나 청아한 음률과 글귀 만드는 완숙한 솜씨는 성당[17] 시인의 울타리를 엿볼 만했습니다. 열 사람의 이름은 소옥, 부용, 비경, 비취, 옥녀, 금련, 은섬, 자란, 보련, 운영이니 운영은 곧 접니다.

대군은 열 사람 모두를 매우 아껴서, 항상 궁중에 가두어 기르며 다른 사람과는 마주하여 말하지 못하게 했습니다. 날마다 선

---

15. 『소학언해』小學諺解 『소학』小學을 한글로 번역한 책. 『소학』은 송나라의 학자 유자징劉子澄이 편찬한 아동용 학습서.

16. 『통감절요』通鑑節要 송나라 신종神宗 때 사마광司馬光이 편찬한 294권의 중국 역사서 『자치통감』資治通鑑을 송나라 휘종徽宗 때 강지江贄가 50권으로 간추려 엮은 책.

17. 성당盛唐 당나라의 둘째 시기. 당시唐詩를 논할 때 흔히 넷으로 시기를 나누어 초당初唐·성당盛唐·중당中唐·만당晩唐이라고 한다. 이백과 두보는 성당의 대표적인 시인이다.

비들과 술을 마시고 기예를 겨룰 때조차 저희들을 한 번도 가까이 있게 한 적이 없으니, 외부인들이 혹 저희들의 존재를 알까 염려했기 때문이지요. 이런 분부를 내린 적도 있으니까요.

"궁녀가 한 번이라도 궁문을 나서면 그 죄는 죽음에 해당한다. 외부인이 궁녀의 이름을 알게 되면 그 죄 또한 죽음에 해당한다."

하루는 대군이 밖에서 들어오더니 저희를 불러 이렇게 말했습니다.

"오늘 선비 아무개 아무개와 술을 마시는데, 희미한 푸른 연기가 궁궐 나무로부터 일어나더니 혹은 성곽을 두르고 혹은 산기슭으로 날아가더구나. 그 광경을 보고 내가 먼저 5언 절구[18] 한 수를 지은 다음 손님들로 하여금 차운시[19]를 짓게 하였으나 모두 마음에 들지 않았다. 너희들이 나이 순서대로 한 편씩 지어 올려 보아라."

소옥이 먼저 이런 시를 지어 올렸습니다.

실처럼 가는 초록빛 연기
바람 따라 살짝 문을 들어서네.

18. 5언 절구絶句 한 구절에 다섯 글자씩 네 구절로 이루어진 한시 형식.
19. 차운시次韻詩 다른 시의 운韻이 되는 글자를 그대로 써서 지은 시.

희미한 빛깔 짙었다 옅었다
그 사이 날은 저물어 가고.

부용은 이런 시를 올렸습니다.

허공을 날아 비를 띠었다가
땅에 떨어져선 또 구름이 되었지.
해 질 녘 어둑어둑한 산빛에
초楚나라 임금[20] 향하는 그윽한 마음.

비취는 이런 시를 올렸습니다.

꽃 덮으면 벌들이 힘을 못 쓰고
대숲 둘러싸니 새들이 둥지 못 찾네.
저물녘에 부슬비 되어
창밖엔 부슬부슬 비 오는 소리.

꽃꽃꽃꽃

20. **초楚나라 임금** 초나라 회왕懷王을 가리킨다. 회왕의 꿈에 무산巫山의 신녀神女가 나타나, 자기는
아침에는 구름이 되고 저녁에는 비가 된다고 말한 뒤 잠자리를 함께 했다는 전설이 있다. 이 시의
앞 두 구절은 이 일을 염두에 두고 한 말이다.

비경은 이런 시를 올렸습니다.

　살구나무는 눈 맺히기 어렵고
　대나무 홀로 푸르름을 간직했어라.
　연기 잠깐 다시 뵈더니
　해 저물자 컴컴하여라.

옥녀는 이런 시를 올렸습니다.

　가볍고 작은 깁²¹은 해를 가리고
　비췻빛 긴 띠²²는 산에 걸렸네.
　산들바람 불어 조금 흩어지더니
　작은 연못을 적시네그려.

금련은 이런 시를 올렸습니다.

　산 아래 쌓였던 찬 연기
　궁궐 나뭇가지에 비끼어 나네.

༺༻༺༻

21. **가볍고 작은 깁**　연기를 가리킨다.
22. **비췻빛 긴 띠**　연기를 가리킨다.

바람 불어 흩어지는데
기운 해는 하늘에 가득.

은섬은 이런 시를 올렸습니다.

산골짝에 연기 피어오르니
연못에 푸른 그림자 흐르네.
날아가매 보이지 않더니
연잎에 이슬방울 남았네그려.

자란은 이런 시를 올렸습니다.

일찍이 어둔 골짝 향하더니만
비끼어 높은 나무들 아래 깔렸네.
잠깐 사이에 날아가 버려
서쪽 산과 앞 시내에 있어라.

저 또한 이런 시를 올렸습니다.

가느다란 푸른 연기 멀리 바라보다
미인은 깁 짜는 걸 그만두누나.

바람 맞으며 홀로 설워하나니
날아가 무산巫山23에 떨어지누나.

보련은 이런 시를 올렸습니다.

작은 골짝의 봄 그늘 속이요
한성의 물 기운 가운데로다.
인간 세상에다
문득 비취 궁전 만들었고나.

대군이 다 보고 크게 놀라며 말했습니다.

"만당晩唐24의 시와 비교해서는 우열을 가릴 수 없겠으나, 성삼
문 이하의 사람들 중에는 너희보다 앞섰다고 할 자가 없겠구나!"

재삼 읊조리며 누구 시가 더 나은지 알 수 없어 고심하더니 이
윽고 이렇게 말했습니다.

"부용의 시는 초나라 임금을 그리는 마음이 참으로 아름답다.
비취의 시는 『시경』의 대아大雅·소아小雅나 『이소』離騷25에 견줄 만

23. **무산巫山** 중국 호북성湖北省 서부에 있는 산. 초나라 회왕의 꿈에 무산의 신녀가 나타나, 자기는
　　아침에는 구름이 되고 저녁에는 비가 된다고 말한 뒤 잠자리를 함께 했다는 전설이 있다.
24. **만당晩唐** 당나라 말기.
25. **『이소』離騷** 초나라 굴원屈原이 지은 노래.

하고, 옥녀의 시는 속세에 얽매이지 않은 구상이 좋은 데다 마지막 구절은 은근히 여운이 있으니, 이 두 편을 으뜸으로 삼는 게 옳겠다."

또 이렇게 말했습니다.

"처음 보았을 때에는 우열을 가릴 수 없었으나 거듭 읽노라니 자란의 시가 뜻이 심원하여 나도 모르게 감탄하고 흥겨운 마음이 드는구나. 나머지 시들 또한 모두 맑고 좋은데, 유독 운영의 시만은 서글피 누군가를 그리워하는 마음이 보이거늘 그리는 사람이 누군지 모르겠다. 준엄히 캐물을 일이로되 그 재주가 아까워 그냥 덮어두기로 한다."

저는 뜰로 내려가 엎드려 울며 대답했습니다.

"시를 짓는 중에 우연히 나온 말이지, 어찌 다른 뜻이 있겠습니까? 지금 주군께 의심을 받으니 첩은 만 번 죽어도 유감이 없나이다."

대군은 자리에 앉으라 명하고 이렇게 말했습니다.

"시는 진정한 마음에서 우러나오는 것이라서 가리고 숨길 수가 없는 법이다. 너는 더 말하지 말아라."

그러고는 비단 열 꾸러미를 내어 우리 열 사람에게 나누어 주었습니다. 대군이 일찍이 제게 사사로운 마음을 보인 적이 없으나 궁중 사람들은 모두 대군의 마음이 제게 있다는 걸 알고 있었습니다.

우리 열 사람은 방으로 돌아와 아름다운 등불을 환히 밝히고는 칠보로 만든 책상 위에 『당율』²⁶ 한 권을 놓아두고 옛사람들이 지은 궁원시²⁷ 중 어떤 작품이 훌륭한지 토론을 벌였습니다. 저 혼자 병풍에 기대어 흙으로 빚어 놓은 인형처럼 근심스레 말이 없자 소옥이 저를 돌아보고 말했습니다.

"낮에 연기를 읊은 시로 주군에게 의심을 받더니 그 때문에 근심스러워 말이 없는 거니? 아니면 주군의 뜻이 함께 잠자리하자는 데 있겠기에 속으로 기뻐서 말이 없는 거니? 네 속을 모르겠구나."

제가 옷깃을 여미고 대답했습니다.

"너는 내가 아닌데 어찌 내 마음을 안단 말이니? 지금 막 시 한 편을 지으려는데, 묘안이 떠오르지 않아 고심하느라 말하지 않았던 것뿐이야."

은섬이 이렇게 말했습니다.

"어딘가 뜻이 향하는 곳이 있어 마음이 여기 있지 않으니 옆사람의 말이 지나가는 바람 소리처럼 들리겠지. 네가 말하지 않는 까닭을 알긴 어렵지 않아. 어디 내가 한번 맞혀 볼까?"

그러더니 창밖의 포도 시렁을 주제로 7언 4운의 시²⁸를 지어 보

꙾꙾꙾
26.『당율』唐律 당나라 시인들이 쓴 7언 율시律詩만을 뽑아 엮은 책.
27. 궁원시宮怨詩 궁녀들의 원망을 노래한 시.

라 재촉하더군요. 저는 곧바로 이런 시를 읊었습니다.

구불구불 포도나무 용이 서린 듯한데
푸른 잎이 그늘을 이뤄 정다웁구나.
여름 해 뜨겁게 내리비추나
맑은 하늘에 찬 그림자[29] 도리어 환하네.
덩굴 내어 난간 잡으니 뜻이 머무는 듯하고
열매 맺어 구슬 드리우니 정성을 다하고자 하네.
만일 훗날 생명이 다한다면
비구름 타고 삼청궁[30]에 오르지 않겠나.

소옥이 한참 동안 읊조려 보더니 일어나 절하고 이렇게 말했습니다.

"참으로 천하의 기이한 재주로구나. 풍격風格은 낮에 지은 시와 마찬가지로 높지 못한 듯하나, 별안간에 지은 시가 이만한 수준이니 이는 시인들이 가장 어렵게 여기는 일이지. 내 기쁜 마음으

꽃꽃꽃꽃
28. 7언 4운의 시 일곱 글자씩 여덟 구절로 이루어진 시. 곧 7언 율시를 말한다. 두 구절마다 마지막 글자에 '운' 韻이 있기에 이렇게 표현했다.
29. 맑은 하늘에 찬 그림자 포도 그림자를 말한다.
30. 삼청궁三淸宮 도교에서 신선이 산다고 하는, 하늘에 있는 세 궁궐인 옥청玉淸·상청上淸·태청太淸을 말한다.

로 진정 승복하는 것이 공자孔子의 70명 제자가 공자에게 그랬던 것과 같단다."

자란은 이렇게 말했습니다.

"말이란 삼가지 않으면 안 되는 법, 어찌 그리도 칭찬이 지나칠까? 다만 글이 완곡하면서도 날아오르는 기세가 있는 점은 인정해 주어야겠구나."

모두들 이 말이 정확한 평가라고 입을 모았습니다. 제가 비록 이 시를 지어 혐의를 풀긴 했으나 여럿의 의심이 말끔히 해소된 것은 아니었습니다.

이튿날, 문밖에 거마車馬 소리가 요란하더니 문지기가 분주히 들어와 아뢰었습니다.

"손님들이 오십니다요!"

대군이 동쪽 누각을 치우게 하고 맞이하는데, 손님들은 모두 당대의 문인 재사才士들이었습니다. 자리에 앉자 대군은 전날 우리가 지었던 시를 내보였습니다. 모여 있던 사람들이 모두 몹시 놀라며 이렇게 말했습니다.

"오늘 성당盛唐의 음조를 다시 보게 될 줄 몰랐군요. 저희들도 어깨를 나란히 할 수 없겠습니다. 이처럼 훌륭한 보물을 나리께서는 어디서 얻으셨습니까?"

대군이 미소 지으며 말했습니다.

"그렇게까지 대단한 것일 리야 있겠소? 아이종이 길에서 우연

46

히 주워 왔는데, 누가 지은 것인지는 몰라도 필시 여염집 재주 많은 선비의 손에서 나왔을 것 같소."

　모인 사람들이 의심하며 의견이 분분한 가운데 잠시 후 성삼문이 도착해 이렇게 말했습니다.

　"재주란 딴 시대에서 빌려 오지 않습니다.[31] 고려 때부터 지금에 이르기까지 600여 년 동안 우리나라에서 시로써 이름을 떨친 이가 부지기수입니다. 하지만 이들이 지은 시는 무겁고 탁하나 아담하지 않고, 가볍고 맑으나 경박한 단점이 있습니다. 그리하여 한결같이 음률에 부합하지 않고 참된 마음을 잃고 말았으니, 저는 이들 모두를 좋아하지 않습니다.

　그런데 지금 이 시들을 보니 품격이 맑고 참되며 생각이 고매하여 조금도 속세의 태깔이 없습니다. 이 시를 지은 이는 필시 깊은 궁궐에 살면서 속세 사람들과 접하지 않은 채 오직 옛사람의 시만 읽고 밤낮으로 읊조리다가 스스로 깨달음을 얻은 사람일 것입니다.

　시의 뜻을 자세히 음미해 보도록 하겠습니다. '바람 맞으며 홀로 설워하나니' 라는 구절에는 임을 그리는 뜻이 담겨 있습니다. '대나무 홀로 푸르름을 간직했어라' 라는 구절에는 정절을 지키는 뜻이 있습니다. '바람 불어 흩어지는데' 라는 구절에는 정절을

---

31. 재주란 딴~오지 않습니다 그 시대에는 그 시대의 재주 있는 사람이 있게 마련이라는 뜻.

지키기 어려운 태도가 보입니다. '초나라 임금 향하는 그윽한 마음'이라는 구절에는 대군을 향한 정성이 담겨 있습니다. '연잎에 이슬방울 남았네그려'라는 구절과 '서쪽 산과 앞 시내에 있어라'라는 구절은 천상의 신선이 아니고선 이처럼 형용할 수 없을 것입니다.

격조에서는 높고 낮은 차이가 있으나, 교양과 기상으로 말하면 모든 시가 거의 같은 경지라 하겠습니다. 나리의 궁중에 열 사람의 신선이 살고 있음에 틀림없습니다. 숨기지 마시고 한번 보게 해 주십시오."

대군이 이 말에 내심 승복하면서도 겉으로는 수긍하지 않으며 이렇게 말했습니다.

"누가 근보[32]더러 시를 잘 본다고 했던가? 나의 궁중에 어찌 이런 인물이 있을 리 있겠소? 착각이 참으로 심하기도 하구려."

이때 우리 열 사람은 창틈으로 엿듣고 있다가 탄복해 마지않았답니다.

그날 밤에 자란이 지극 정성으로 제게 이렇게 물었습니다.

"여자로 태어나, 시집가서 부모가 되고 싶은 마음은 누구나 가지고 있을 거야. 네가 사모하는 이는 어떤 사람이니? 네 모습이 날로 예전만 못해지는 게 보기 안쓰러워 진심으로 묻는 것이니

---

32. 근보謹甫 성삼문의 자字.

숨기지 마"

제가 일어나 고마움을 표하고 말했습니다.

"궁궐에 사람이 많으니 누가 엿들을까 싶어 감히 입을 열 수 없었어. 지금 이렇게 정성스레 물으니 어찌 감히 숨기겠니? 작년 가을, 노란 국화가 갓 피어나고 단풍잎이 시들려던 때였지. 대군께서 홀로 서재에 앉아 궁녀에게 먹을 갈게 한 다음 흰 비단 한 폭을 펼치고는 4운시 열 수를 쓰고 계셨어. 그때 아이종이 밖에서 들어와 "김진사라고 하는 젊은 선비가 뵙기를 청합니다" 하고 아뢰더라. 대군이 기뻐하며 "김진사가 왔군!" 하셨어. 맞이하게 하니 베옷을 입고 가죽 띠를 두른 선비가 빠른 걸음으로 공손히 들어와 계단을 오르는데, 마치 새가 날개를 펼치는 듯하더라구. 자리에 이르러 절하고 앉는데, 얼굴이며 몸가짐이 신선 세계의 사람이었어. 대군이 한 번 보시고는 반해서 즉시 자리를 옮겨 마주 앉자 김진사는 자리를 피해 절하고 이렇게 말했어.

"외람되이 은혜를 입고도 거듭 존귀하신 명을 따르지 못하다가 지금에야 뵙게 되니 황송하기 그지없나이다."

그러자 대군이 이렇게 진사를 위로하셨지.

"오래도록 명성을 우러러 오다가 공연히 어려운 걸음을 하시게 했소이다. 이제 빛이 방에 가득하여 내게 큰 기쁨을 주는구려."

진사가 처음 들어왔을 때 곁에 있던 궁녀들과 얼굴을 마주했지만, 대군은 진사가 나이 어린 선비인지라 마음속으로 만만히 여기고는 우리더러 자리를 피하라 하지 않으셨어. 대군이 진사에게 말했지.

"가을 경치가 매우 좋소. 시 한 편을 지어 이 집을 빛나게 해 주셨으면 하오."

진사는 자리를 피해 사양하는 말을 했어.

"허튼 명성일 뿐 실상은 그렇지 못합니다. 시의 격조와 음률을 제가 어찌 감히 알겠습니까?"

대군이, 금련은 노래를 부르게 하고 부용은 거문고를 타게 하고 보련은 퉁소를 불게 하고 비경은 술을 따르게 하고 내게는 벼루 시중을 들게 하셨어. 그때 나는 나이 어린 여자로 낭군을 한번 보고는 넋이 나가 버렸고, 낭군 또한 나를 돌아보며 웃음을 머금고 자주 눈길을 보냈지. 대군이 진사에게 말씀하셨어.

"내 정성을 다해 대접했거늘, 그대는 왜 아름다운 시 한 편 짓는 일을 아끼어 나를 무안하게 하오?"

진사가 즉시 붓을 잡더니 5언 4운의 시 한 수를 썼어.

기러기 남쪽을 향하여 가니
궁중의 가을빛 깊어라.
물이 차니 연밥이 옥처럼 벌어졌고
서리 내려 국화가 금빛을 드리웠네.
비단 자리에는 아리따운 여인이요

거문고에서는 「백설곡」[33]이 연주되네.

한 동이 좋은 술로

먼저 취하니 이 마음 막을 수 없네.

대군이 거듭 읊조리더니 놀라워하며 말씀하셨어.

"참으로 천하의 기이한 재주로다! 왜 이제서야 만나게 되었단
말이오!"

우리 열 사람은 동시에 서로 돌아보며 낯빛을 바꾸고 이렇게
말했지.

"이분은 필시 학을 타고 속세에 온 왕자진王子晉[34]일 거야. 그렇
지 않고서야 어찌 이런 사람이 있단 말야!"

대군이 술잔을 잡고 물으셨어.

"옛날의 시인으로는 누가 으뜸이겠소?"

진사가 대답했어.

"제 생각을 말씀드려 보겠습니다. 이백은 천상의 신선으로, 오
랫동안 옥황상제의 곁에 있다가 현포[35]에서 노닐던 중 신선의 술
을 다 마시고 취흥을 못 이겨 천상의 꽃을 꺾고는 비바람을 따라

༄༅༄༅
33. 「백설곡」白雪曲 곡조 이름.
34. 왕자진王子晉 주周나라 영왕靈王의 태자 왕자교王子喬를 말한다. 피리를 잘 불었으며, 훗날 신선
    이 되었다고 한다.
35. 현포玄圃 곤륜산崑崙山에 있다는 신선의 거처.

인간 세상으로 떨어진 듯한 기상입니다. 노조린과 왕발[36]은 바다의 신선으로, 해와 달의 뜨고 짐과 오색구름의 천변만화, 바다 물결의 출렁임, 고래가 물을 뿜어내는 모습, 섬의 아득함, 초목의 무성함, 물보라와 마름 잎, 물새의 노래, 교룡蛟龍의 눈물, 이 모두를 드넓은 가슴속에 품었으니, 시 속의 조화가 무궁하다 하겠습니다. 맹호연[37]은 소리의 울림이 가장 뛰어나니, 사광[38]을 배워 음률을 익혔기 때문입니다. 이상은[39]은 신선술神仙術을 배워 일찍부터 시마詩魔[40]의 부림을 받았으니, 일생 동안 지은 시가 귀신의 말 아닌 것이 없습니다. 그 밖의 여러 사람들이야 굳이 다 말할 것이 없습니다."

대군이 말씀하셨어.

"일전에 선비들과 시를 토론할 적에 두보를 으뜸으로 치는 이들이 많았는데, 어떻게 생각하오?"

진사가 말했어.

"그렇습니다. 속된 선비들이 숭상하는 것을 비유로 들어 말한다면 불고기나 회가 사람들의 입을 즐겁게 하는 것과 같거늘, 두

---

36. 노조린盧照鄰과 왕발王勃 초당初唐의 대표적인 시인.
37. 맹호연孟浩然 성당盛唐의 시인.
38. 사광師曠 춘추시대 진晉나라의 악사樂師. 귀가 밝아 음을 잘 분별했던 것으로 유명하다.
39. 이상은李商隱 만당晚唐의 시인.
40. 시마詩魔 자꾸 시를 짓게 만드는 마귀. 시 짓고 싶은 마음을 불러일으키는 알 수 없는 충동을 일컫는 말.

보의 시는 참으로 불고기나 회라 하겠습니다."

대군이 말씀하셨어.

"온갖 형식을 두루 갖추었고 비比와 흥興[41]이 지극히 정밀한데, 어찌 두보를 가벼이 여기시오?"

진사가 조심스레 말했어.

"제가 어찌 감히 가벼이 여기겠습니까? 그 장대한 점을 논하자면 마치 한나라 무제武帝가 미앙궁[42]에 납시어 사방의 오랑캐가 중국을 어지럽힌 데 분개하여 정벌하라는 명을 내리자 백만 용사가 수천 리를 연달아 진군하는 모습과 같고, 그 성대한 점을 논하자면 사마상여의 「장문부」長門賦[43]와 사마천의 「봉선서」封禪書[44]에 비길 만하며, 신선을 노래한 시를 보면 동방삭[45]이 좌우에서 모시고 서왕모[46]가 천상에서 나는 복숭아를 바칠 것만 같습니다. 이 때문에 두보의 문장은 가히 백 가지 문체를 모두 갖추었다고 할 만합니다. 그러나 이백과 견주어 보자면 하늘과 땅, 바다와 강의 차이가

෴෴

41. **비比와 흥興** '비'는 비유법, '흥'은 다른 사물이나 풍경을 먼저 제시하고 이로부터 정작 말하고 싶은 내용을 이끌어 내 노래하는 방법. 『시경』 이래 중국 시의 대표적인 표현 수법으로 꼽는다.

42. **미앙궁未央宮** 한나라의 궁전. 지금의 섬서성 장안현 서북쪽에 있었다.

43. **사마상여司馬相如의 「장문부」長門賦** '사마상여'는 한나라 무제武帝 때의 문장가로 특히 부賦를 잘 지었던 인물. 「장문부」는 사마상여가 지은 부.

44. **사마천司馬遷의 「봉선서」封禪書** '사마천'은 한나라 무제 때의 역사가로, 『사기』史記의 저자. 「봉선서」는 『사기』 8서書 중의 하나로 명문名文으로 꼽는다. '봉선'은 천자가 하늘과 산천에 지내던 제사.

45. **동방삭東方朔** 한나라 무제 때 황제의 측근에 있으면서 박학다식과 해학으로 총애를 받았던 인물.

46. **서왕모西王母** 중국 곤륜산에 산다는 선녀.

난다 할 것이요, 왕발과 맹호연에 견주자면 두보가 수레를 몰아 앞서 달리매 왕발과 맹호연이 채찍을 들고 길을 다툰다 하겠습니다."

대군이 말씀하셨어.

"그대의 말을 들으니 가슴속이 시원하게 뚫려 장대한 바람을 타고 태청[47]에 오른 듯이 황홀하구려. 헌데 두보의 시는 천하의 높은 문장으로, 비록 악부[48]는 부족한 점이 있다 하겠으나 어찌 왕발이나 맹호연과 더불어 길을 다툰다 하오? 그러나 이 문제는 놓아두고 시 한 수를 지어 이 집에 광채를 더해 주기 바라오."

진사는 즉각 7언 4운의 시를 한 수 짓더니 복사꽃 무늬가 있는 종이에 써서 대군에게 올렸어. 그 시는 이랬단다.

안개 흩어지는 연못에 이슬 기운 서늘한데
물처럼 파란 하늘, 밤은 왜 이리 긴지?
산들바람 유정한지 주렴에 불고
흰 달은 다정히 작은 대청에 들어오네.
뜰가가 훤하니 소나무 그림자 비치고

༄༅ ༄༅

47. 태청太淸 도교에서 신선이 산다고 하는, 하늘에 있는 궁궐. 옥청玉淸·상청上淸과 함께 삼청三淸
    이라 부른다.
48. 악부樂府 민간의 노래를 옮기거나 본떠 만든 한시. 원래는 한나라 때 음악을 관장하던 관청인
    '악부'樂府에서 수집한 민간의 노래를 가리키는 말이었으나, 훗날 시인들이 이를 흉내 내어 지은
    한시까지 포괄하는 말이 되었다.

54

잔 가운데 술이 좋으매 국화 향기 남았고나.
완적[49]은 어려서도 술을 잘 마셨으니
술에 취해 광태狂態 부려도 괴이타 보지 마소.

대군이 더욱 기이하게 여기고는 앞으로 다가와 진사의 손을 잡고 말씀하셨어.

"진사의 재주는 지금 세상의 것이 아니니, 진사는 내가 뛰어나다 못하다 논할 수 있는 분이 아니오! 문장에 능할 뿐만 아니라 글씨 또한 극히 신묘하구려. 하늘이 동방에 그대를 낳으신 것은 필시 우연이 아닐 게요."

대군이 이번에는 초서를 쓰게 하자 진사가 붓을 휘둘렀는데, 그만 먹물이 잘못 튀어 내 손가락에 작은 먹점이 묻게 되었지. 내가 그걸 영광으로 여겨 닦아 없애지 않으니 곁에 있던 궁인들이 서로들 돌아보며 미소 짓고 용문[50]에 오른 데 비유하너군. 시산이 흘러 밤이 한참 깊어지자 대군이 하품하고 기지개를 켜는 것이 잠이 오는 듯했어. 그러자 이렇게 말씀하셨지.

"나는 취했으니 그대는 물러가 쉬도록 하오.[51] '내일 아침에 생

49. **완적阮籍** 중국 남북조시대 동진東晋의 문학가. 죽림칠현竹林七賢의 한 사람으로 술을 잘 마신 것으로 유명하다.
50. **용문龍門** 황하 상류의 지명. 이곳 아래는 물살이 매우 빨라 물고기가 거슬러 올라갈 수 없는데, 이 물살을 거슬러 용문에 오르면 용으로 변한다는 전설이 있다.

각 있거든 거문고 들고 오길'⁵²이라는 말을 잊지 말구려."

이튿날 대군이 진사의 시 두 편을 거듭 읊조리더니 탄식하며 말씀하셨어.

"의당 성삼문과 자웅을 다툴 것이로되 그 청아한 태깔은 성삼문보다 낫구나!"

나는 이때부터 자려 해도 잠을 이루지 못하고 먹는 것이 줄었으며 마음이 답답하여 모르는 사이에 옷과 허리띠가 헐렁해졌단다. 너는 이 일을 기억 못 하겠니?"

자란이 이렇게 대답했습니다.

"잊고 있었는데 지금 네 말을 듣고 보니 술에서 막 깨어난 듯 어슴푸레 생각이 날 듯 말 듯 하구나."

그 뒤로 대군이 진사와 자주 만났으나 저희들을 가까이 두지 않았기에 저는 그때마다 문틈으로 엿보곤 했답니다. 하루는 설도전⁵³에 5언 4운의 시 한 수를 적었어요.

　　베옷 입고 가죽 띠 두른 선비

　　옥 같은 얼굴 신선과 같지.

🦋🦋🦋

51. 나는 취했으니~쉬도록 하오　이백의 시 「산중여유인대작」山中與幽人對酌 중 "나는 취하여 자려 하니 그대는 가 보시게"我醉欲眠卿且去라는 구절을 염두에 두고 한 말이다.
52. 내일 아침에~들고 오길　이백의 시 「산중여유인대작」의 한 구절인 "明朝有意抱琴來"에서 따온 말이다.
53. 설도전薛濤牋　당나라 때의 명기名妓 설도薛濤가 처음 만든 열 가지 빛깔의 종이.

늘 주렴 사이로만 바라보나니

월하노인[54]의 인연 어이 없는지?

빤히 보니 눈물이 강물 되고

거문고 타니 한스러움 현絃을 울리네.

가슴속 원망 끝이 없어서

고개 들고 하늘에 하소연하네.

이 시와 금비녀 하나를 함께 싸서 열 겹으로 거듭 봉하여 진사에게 주고자 했지만 전달할 방법이 없었답니다. 그날, 달 밝은 밤에 대군이 술자리를 크게 열어 손님을 모으고 진사의 재주를 매우 칭찬하며 일전에 진사가 지은 시 두 편을 내보였습니다. 모인 사람들이 돌려 보며 칭찬하기를 마지않더니 모두들 진사를 한번 만나 보고 싶어 했습니다. 대군이 즉시 하인과 말을 보내 진사를 초청했습니다. 잠시 후 진사가 도착하여 자리로 오는데, 얼굴이 수척하고 몸은 홀쭉한 것이 예전의 기상이라곤 전혀 찾아볼 수가 없었습니다. 대군이 위로하며 이렇게 말했습니다.

"진사는 굴원의 마음[55]이 있는 것도 아니면서 연못가에서의 초

<hr />

54. **월하노인月下老人** 주머니 속에 붉은 실을 가지고 다니다가 두 가닥을 묶어 각각의 실에 해당하는 남녀에게 부부의 인연을 맺어 준다는 신神.
55. **굴원의 마음** 전국시대 초나라의 충신 굴원屈原이 나라를 걱정하던 마음.

췌한 모습[56]부터 미리 가진 게요?"

모여 있던 이들이 한바탕 크게 웃었지요. 진사가 일어나 인사하고 말했습니다.

"저는 빈천한 유생으로서 외람되이 나리의 은총을 받았습니다. 그러나 복이 지나치면 재앙이 생기는 법인지, 질병이 온몸을 휘감아 요사이 식음을 전폐하고 있습니다. 다른 사람의 도움 없이는 움직이기 어려우나 지금 부르심을 받자와 겨우 부축을 받고 와서 인사드립니다."

손님들이 모두 몸가짐을 바루어 공손함을 표했습니다. 진사는 나이 어린 유생으로서 말석에 앉았기에 저희가 있던 안쪽 방과는 단지 벽 하나를 사이에 두고 있을 뿐이었습니다.

밤이 이미 다하여 손님들이 모두 취했을 때입니다. 제가 벽에 구멍을 뚫고 엿보니 진사 역시 제 뜻을 알고 모퉁이를 향해 앉아 있더군요. 저는 봉한 편지를 구멍 사이로 던졌습니다. 진사는 편지를 주워 집으로 돌아가서 뜯어보고는 슬픔을 이기지 못해 편지를 차마 손에서 놓지 못했답니다. 그리워하는 정이 지난날보다 곱절이 되어 버틸 수 없을 지경이었고, 답장을 보내고자 하나 전할 방도가 없는지라 홀로 수심에 잠겨 탄식할 뿐이었지요.

ꝏꝏꝏꝏ

56. **연못가에서의 초췌한 모습** 굴원의 「어부사」漁父辭 중 "굴원이 조정에서 쫓겨나 강에서 노닐고 연못가에서 읊조리는데 안색이 초췌하고 모습이 수척하였다"라는 구절에서 따온 말.

58

마침 동대문 밖에 사는 무녀巫女 하나가 영험하기로 소문이 나서 궁중을 드나들며 매우 신임을 얻고 있다 했습니다. 진사가 그 집에 가 보니 무녀는 나이가 서른이 못 되었고 미모가 빼어났습니다. 일찍 과부가 되어 음탕한 여인으로 자처하고 있었는데, 진사가 온 것을 보고는 술과 안주를 푸짐하게 차려 대접했습니다. 진사가 술잔을 들고 마시지는 않은 채 이렇게 말했습니다.

"오늘은 급박한 일이 있으니 내일 다시 오겠네."

이튿날 가니 똑같은 상황이 되풀이되었는데, 진사는 좀체 입을 열지 못하다가 또 이렇게 말했습니다.

"내일 다시 오겠네."

무녀는 속세의 티가 없는 진사의 얼굴을 보고 마음속으로 기뻐했으나 날마다 왕래하면서 한마디 말도 하지 않으므로 이렇게 생각했지요.

'나이 어린 사람이 부끄러움 때문에 말하지 못하는 게 틀림없어. 내가 먼저 집적여서 밤늦게까지 붙잡아 두었다가 잠자리를 같이 하자 해야겠구나.'

무녀는 이튿날 목욕을 하고는 정성스레 꽃단장을 하고 온갖 장신구로 멋을 부렸습니다. 그러고 나서 꽃무늬 자리에 옥 구슬 방석을 편 다음 어린 여종더러 문밖을 살피라 했습니다. 진사가 또 이르러 무녀의 화려하게 꾸민 얼굴과 아름다운 방 안 치장을 보고 속으로 괴이하게 여겼습니다. 무녀가 이렇게 말했지요.

"오늘 밤이 어떤 밤이기에 이처럼 옥 같은 사람을 만나게 되었을까요?"

진사는 전혀 엉뚱한 말을 듣자 대답도 않고 근심스레 달갑잖은 표정을 지었습니다. 그러자 무녀는 화를 내며 이렇게 말했어요.

"젊은 사내가 과부 집에 어찌 이리도 거리낌 없이 왕래한단 말이오!"

"만일 자네가 신통하다면 내가 왜 왔는지 알 게 아닌가?"

무녀는 즉시 신을 모신 자리로 나아가 절하더니 방울을 흔들고 거문고를 문지르며 온몸을 부르르 떨어 댔습니다. 얼마 뒤 몸을 흔들며 이렇게 말했지요.

"낭군 처지가 참으로 딱하구나. 어설픈 꾀로 이루기 어려운 일을 이루려 하니, 뜻을 이루지 못할 뿐 아니라 3년 안에 저승 사람이 되리로다!"

진사가 울며 부탁했습니다.

"자네가 말하지 않아도 나 역시 알고 있다네. 허나 마음속에 맺힌 원한을 어떤 약으로도 풀 수 없으니, 만약 영험한 무당을 통해 편지나마 전할 수 있다면 죽어도 다행이겠네."

"천한 무당이 신에게 올리는 제사 때문에 때때로 궁궐에 출입하기는 하나 부르심을 받지 않고는 감히 들어갈 수 없어요. 하지만 낭군을 위해 한번 가 보기는 하겠어요."

진사가 품속에서 편지 한 통을 꺼내 주며 말했습니다.

"잘못 전해져 재앙의 빌미가 되지 않도록 조심해 주시게."

무녀가 편지를 가지고 궁문에 들어섰습니다. 궁중 사람들은 모두 무녀가 온 것을 이상하게 여겼지요. 무녀는 그럴듯한 말로 둘러대고는 잠시 틈을 얻어 제게 눈짓을 하더니 뒤뜰 아무도 없는 곳으로 저를 데리고 가 편지를 전해 주었습니다. 제가 방으로 돌아와 뜯어보니 편지 내용은 이러했습니다.

한 번 그대와 눈이 마주친 뒤로 넋이 날아가 버린 듯 마음을 진정할 수 없게 되었습니다. 도성 서쪽을 향할 때마다 애간장이 끊어지려 해요. 마침 벽 틈으로 편지를 전해 주시어 결코 잊지 못할 아름다운 말씀을 받들게 되었군요. 편지를 미처 열어 보기도 전에 숨이 막혔고, 채 반도 읽기 전에 눈물이 떨어져 글자를 적셨습니다. 자려 해도 잠을 이루지 못하고 먹으려 해도 음식이 목에 걸립니다. 병이 가슴속 깊이까지 들어와 백약이 무효한 지경이랍니다. 저승이 눈앞에 와 있어 오직 목숨이 다하기만을 기다릴 따름입니다. 천지신명이 도우사 살아생전에 한 번만이라도 이 한을 풀 수 있다면 마땅히 이 몸을 천지신명의 제물로 바치겠습니다. 종이를 앞에 두고 목이 메니 더 무슨 말을 하겠습니까!

편지 아래에 시 한 편이 더 있었습니다.

깊디깊은 누각 사립문 닫힌 저녁

나무 그늘 구름 그림자 모두 희미해라.

떨어진 꽃과 흐르는 물은 도랑으로 나오고

제비는 진흙 물고 둥지로 돌아가네.

베개 베도 호접몽蝴蝶夢 이루지 못하고[57]

눈 빠지게 기다리나 소식이 없네.

그대 얼굴 눈앞에 어른거리건만 왜 말이 없는지?

수풀에 꾀꼬리 우니 눈물이 옷을 적시네.

다 읽고 나자 저는 말문이 닫히고 기가 막혔습니다. 아무 말도 할 수 없었고 눈물이 흐르다 흐르다 피가 되어 떨어졌습니다. 남들이 알까 두려워 병풍 뒤로 몸을 숨겼습니다. 그 후 잠시도 잊지 못하고 바보처럼 미치광이처럼 지내다가 속마음을 말과 얼굴빛에 드러내고야 말았으니, 대군의 의심을 받고 다른 궁녀들의 입에 오르내린 일은 실로 근거가 없지 않았습니다. 자란 또한 원망을 품고 사는 여인인지라, 제 이야기를 듣고는 눈물을 머금고 이렇게 말했습니다.

"시는 진정한 마음에서 우러나오는 것이라 속일 수 없단다."

꾳꾳꾳꾳

57. 베개 베도~이루지 못하고 꿈에서도 임을 만나지 못한다는 뜻. '호접몽'은 원래 『장자』莊子에 나오는 말로, 장자가 나비가 되어 날아다니는 꿈을 꾸었는데 꿈에서 깨어난 뒤 자신이 나비가 된 것인지 나비가 자신이 된 것인지 분간이 가지 않았다는 이야기에서 유래한다.

하루는 대군이 비취를 불러 이렇게 말했습니다.

"너희 열 사람이 한곳에 함께 있어 공부에 전념하지 못하니 다섯 사람은 서궁西宮에 두는 게 좋겠다."

저는 자란, 은섬, 옥녀, 비취와 함께 그날로 서궁으로 옮겨 갔습니다. 서궁에 와서 옥녀가 이렇게 말했습니다.

"그윽한 꽃과 가녀린 풀, 흐르는 물이며 향기로운 수풀이 있으니 꼭 산속의 집 같기도 하고 들판의 별장 같기도 하구나. 참으로 글공부하는 집이라 할 만해."

제가 이렇게 대꾸했습니다.

"궁궐의 벼슬아치도 아니요 승려도 아니건만 이 깊은 궁궐에 갇혀 있으니, 여기는 참으로 장신궁58이라 할 만하구나."

이 말에 다들 한탄하고 말았습니다.

그 뒤 저는 편지 한 통을 써서 진사에게 전하고자 무녀를 지극 정성으로 대하며 몹시 간절히 부탁해 보았습니다. 그러나 무녀는 끝내 오려 들지 않았습니다. 진사가 자기에게 아무 뜻이 없는 데 유감을 품었기 때문이겠지요.

어느 밤 자란이 제게 몰래 이런 말을 했습니다.

"궁중 사람들이 해마다 추석이면 탕춘대59 아래 시냇가에서 빨

---

58. 장신궁長信宮 지금의 섬서성 장안현의 서북쪽에 있던 한대漢代의 궁전 이름. 황제의 할머니가 홀로 거처하던 곳으로, 전통적으로 깊고 쓸쓸한 곳이라는 이미지가 형성되어 있었다.

래하며 술자리를 벌인단다. 올해는 그리로 가지 말고 소격서동[60]에서 놀자고 해서 오가는 사이에 그 무당을 찾아가 보는 게 제일 좋은 계책일 거야."

저도 그렇게 여기고 추석이 오기만을 고대하니 하루가 3년처럼 느껴졌어요. 비취가 자란의 말을 얼핏 듣고도 겉으로는 모르는 체하며 제게 이런 말을 했습니다.

"네가 처음 궁궐에 왔을 때는 얼굴빛이 배꽃과 같아 화장하지 않아도 천연 그대로의 아리따운 모습이 있었지. 그래서 궁중 사람들이 너를 괵국부인[61]이라고 불렀잖니. 그런데 요사이엔 얼굴이 예전만 못해 점점 처음 모습을 잃어만 가니 무슨 까닭이니?"

저는 이렇게 대답했습니다.

"타고난 체질이 허약해서 늘상 더운 철만 되면 더위 먹는 병이 있다가 오동 잎이 떨어지고 서늘한 바람이 부는 시절이 되면 저절로 조금씩 낫는단다."

비취가 시 한 편을 장난스레 지어 주었습니다. 온통 저를 희롱

꾳꾳꾳꾳

59. **탕춘대蕩春臺** 지금의 종로구 신영동의 세검정 물가에 있던 평평한 바위 이름. 창의문彰義門 밖의 삼각산三角山과 백운산白雲山 사이에 있어 경치가 썩 좋았다.

60. **소격서동昭格署洞** 지금의 종로구 삼청동 부근의 동네 이름. 일월성신日月星辰에 대한 제사를 맡아보던 소격서가 이곳에 있었기에 붙여진 이름이다.

61. **괵국부인虢國夫人** 양귀비의 둘째 언니. 양귀비의 세 언니 한국부인·괵국부인·진국부인이 모두 아름다워 같은 날 당나라 현종玄宗의 후궁이 되었는데, 다달이 화장품 값으로 10만금을 받았으면서도 괵국부인만은 미모를 자부하여 화장하지 않은 얼굴로 황제를 대했다고 한다.

하는 뜻을 절묘하게 담았더군요. 저는 비취의 재주가 대단하다 여기면서도 저를 조롱한 데에는 부끄러움을 느꼈습니다.

몇 달이 지나 청명한 가을이 왔습니다. 밤이면 서늘한 바람이 일고 가녀린 국화가 노란빛을 토해 내며, 풀벌레들은 소리를 가다듬고 하얀 달은 빛을 흘려 보냈습니다. 저는 내심 기뻤지만 마음을 드러내지 않도록 조심했습니다. 은섬이 말했습니다.

"편지에서 말하던 아름다운 기약이 오늘 밤으로 다가왔구나. 인간 세계의 즐거움이 어찌 천상과 다르겠니?"

저는 서궁 사람들에게 이미 숨길 수 없음을 깨닫고 이실직고한 뒤 이렇게 말했습니다.

"제발 남궁南宮 사람들에게는 알리지 말아 줘."

이때 기러기는 남쪽으로 날고 옥 같은 이슬이 방울져, 맑은 시내에서 빨래할 그 시기가 찾아왔습니다. 여러 궁인들과 날짜를 잡았으나 장소를 어디로 할지에 대해서는 의견이 분분했어요. 남궁 사람들은 이렇게 말했습니다.

"맑은 시내와 깨끗한 돌로 치자면 탕춘대 아래보다 좋은 곳이 없어."

반면 서궁 사람들은 이렇게 말했습니다.

"소격서동의 산수도 성문 밖 경치에 못지않은데, 가까운 곳을 놓아두고 하필 먼 곳에서 찾을 이유가 무어람?"

남궁 사람들이 고집을 부리며 우리 말을 듣지 않아 결정을 내리지 못한 채 헤어지고 말았습니다.

그날 밤에 자란이 말했습니다.

"남궁 다섯 사람 중에 소옥이 의견을 주도하고 있더구나. 내가 기묘한 꾀로 그 마음을 돌릴 수 있을 것 같아."

자란이 옥등玉燈을 밝히고 남궁으로 가자 금련이 기쁘게 맞이하며 말했습니다.

"서궁과 남궁으로 갈린 뒤로 진나라와 초나라처럼[62] 소원하게 지냈는데, 오늘 밤 이처럼 귀한 걸음을 해 줘서 정말 고마워."

소옥이 말했습니다.

"고마울 게 뭐 있어. 우릴 설득하러 온 건데."

자란이 옷깃을 여미고 정색을 하며 말했습니다.

"'다른 사람의 마음, 내가 빤히 아네'[63]라는 노래는 바로 너를 두고 한 말이로군!"

소옥이 말했습니다.

"서궁 사람들은 소격서동으로 가고 싶어 하지만 나 혼자 굳이 고집하니까 한밤중에 찾아온 것 아니니? 그러니 우리를 설득하러 온 것이라고 한 내 말이 맞지 않니?"

---

62. **진나라와 초나라처럼** 진秦나라와 초楚나라라는 중국 전국시대의 왕국들인데, 중국의 북서부와 남부에 서로 멀리 떨어져 있었다.
63. **다른 사람의~빤히 아네** 『시경』 소아小雅 「교언」巧言의 한 구절.

자란이 말했습니다.

"서궁 다섯 사람 중에 나 혼자 성안으로 가고 싶어 한단다."

소옥이 말했습니다.

"너 홀로 성안으로 가고 싶어 하는 이유가 뭐니?"

자란이 대답했습니다.

"듣자니 소격서는 하늘과 별에 제사 지내는 곳이라 마을 이름도 삼청[64]이라 한다더구나. 우리 열 사람은 틀림없이 원래 삼청의 선녀였으나 『황정경』[65]을 잘못 읽어 인간 세계로 유배 오게 된 걸거야. 이미 속세로 내려왔으니 산속의 외딴집이든 들녘 마을이든 농사짓는 집이든 생선 파는 가게든 어느 곳이라도 좋겠건만, 하필 깊은 궁궐에 갇혀 새장 속의 새처럼 꾀꼬리 우는 소리에 탄식하고 푸른 버들을 마주하여 한숨을 내쉬는 것이 우리네 신세로구나. 심지어 제비도 쌍쌍이 날고 수풀에 깃들인 새도 나란히 잠들며 풀 중에도 합환초[66]가 있고 나무 중에도 연리목[67]이 있으니, 무지한 초목으로부터 지극히 미천한 새들에 이르기까지 음양을 품부받아 서로 사귀며 즐거워하지 않는 것이 없지 않니. 그렇건

---

64. **삼청**三淸　서울 종로구 삼청동. 조선시대에는 소격서에 삼청전三淸殿을 두어 성신星辰에 제사를 지내게 했는데, 삼청동이라는 지명은 삼청전이 이곳에 있었던 데서 유래한 것이다. 당시 삼청동은 서울에서 가장 풍광 좋은 곳의 하나로 이름 높았다.

65. **『황정경』**黃庭經　도가道家의 경전인 『황정내외옥경경』黃庭內外玉景經.

66. **합환초**合歡草　낮에는 줄기가 백 갈래로 나뉘었다가 밤이면 합하여 하나의 줄기를 이룬다는 풀 이름.

67. **연리목**連理木　두 나무의 밑동이 서로 이어져 하나가 된 나무.

만 우리 열 사람은 유독 무슨 죄를 지었기에 오래도록 적막한 궁궐 깊숙한 곳에 갇혀 지내며, 꽃 피는 봄이건 달 뜨는 가을이건 외로이 등불을 짝하여 혼을 사그라뜨리고 청춘을 헛되이 보내다가 죽어서까지 공연히 한을 남겨야 하는 걸까? 타고난 운명이 기박하다 해도 어찌 이리 심한 지경에 이를 수 있을까! 인생은 한번 늙으면 다시 젊어질 수 없으니, 너도 다시 생각해 보렴. 왜 슬프지 않겠니? 이제 맑은 시내에서 목욕하여 몸을 깨끗이 한 다음 태을사[68]에 들어가 머리를 조아려 백 번 절하고 두 손 모아 기도하여 신령의 도움으로 내세에서는 이런 괴로움을 면하고자 하는 것이지, 내게 무슨 다른 뜻이 있겠니? 우리 궁인들은 정이 친자매와 같거늘, 이런 일 하나로 부당하게 의심한다면 내가 못난 탓에 믿음을 못 받는다고 볼 수밖에 없구나."

소옥이 일어나 사과하고 말했습니다.

"내가 사리에 밝지 못해 네 생각을 미처 헤아리지 못했어. 애초에 성안으로 가는 걸 허락하지 않았던 건 성안에 무뢰배들이 많아 뜻밖에 험악한 일을 당하지 않을까 걱정됐기 때문이야. 지금 네가 나를 멀리하지 않고 다시 가까이해 주니 지금 이후로는 백일승천[69]한다 해도 따를 것이요, 맨몸으로 바다를 건넌다 해도 따

68. 태을사太乙祠 도교에서 받드는 태을신太乙神을 모신 사당.
69. 백일승천白日昇天 신선이 되어 대낮에 하늘로 날아 올라간다는 뜻.

를 테야. 남으로 인해 일을 이룬다 할지라도 성공한 것으로 말하면 매한가지 아니겠니."

부용이 말했습니다.

"모든 일은 마음으로 정하는 것이 으뜸이고 말로 정하는 것이 그 밑인데, 두 사람이 다투어 종일토록 결판이 나지 않았으니 이 일이 순리에 맞지 않는다는 거야. 집안의 일을 주군은 모르는 채 시첩侍妾들이 몰래 의논하는 건 충성스럽지 못한 일이야. 종일 다투던 일을 금세 승복하는 것도 다른 사람들이 믿기 어려운 일이지. 또 맑은 가을날에 옥처럼 맑은 시냇물이야 어디 간들 없지 않을 텐데, 반드시 성안의 소격서로 가야 한다는 것도 옳지 않은 듯해. 비해당 앞이 물이 맑고 돌이 깨끗해서 해마다 여기서 빨래를 해 왔는데 지금 장소를 바꾼다는 것 또한 마땅치 않은 일 같아. 한 가지 일에 이처럼 다섯 가지 잘못이 있으니 나는 너희들 말을 따를 수 없어."

보련이 말했습니다.

"말이라는 것은 문신 새기는 도구와 같아서 삼가느냐 삼가지 않느냐에 따라 경사와 재앙이 따르는 법이야. 이 때문에 군자는 말조심을 하여 마치 깨지기 쉬운 병을 간수하는 것처럼 입을 단속하는 거란다. 한나라 시절 병길[70]과 장상여[71]는 종일토록 말하

❧ ❧ ❧
70. 병길丙吉 전한前漢의 선제宣帝를 보좌했던 명재상.

지 않았지만 하는 일마다 이루어지지 않은 게 없었다지. 반면 어떤 말단 관리 하나는 청산유수처럼 말을 잘해 황제가 몹시 흡족해했지만 장석지가 나서서 황제께 아뢰어 그 잘못을 꾸짖었다고 하지 않니.[72] 내가 보기에 자란의 말에는 무언가 숨기는 것이 있고, 소옥의 말은 석연찮은 이유로 애써 따르려는 것 같고, 부용의 말은 화려한 수식에만 힘쓴 것이라 모두 내 뜻에 맞지 않아. 이번 나들이에 나는 참여하지 않을래.”

금련이 말했습니다.

“오늘 밤의 의논이 결국 하나로 귀결되지 못하고 있으니 내가 점을 한번 쳐 볼게.”

즉시 『주역』周易을 펴고 점을 쳐서 점괘를 얻더니 이렇게 풀이하는 것이었습니다.

“내일 운영이 필시 장부를 만나겠구나. 운영은 용모와 자태가 인간 세계 사람이 아닌 듯해서 주군이 마음을 쏟은 지 이미 오래지. 그렇건만 운영이 죽기로 거절한 이유는 다른 게 아니라 부인

꧁꧂꧁꧂

71. **장상여張相如** 한나라 초기의 인물로, 동양후東陽侯에 봉해졌으며 신중한 처신으로 이름 높았다.

72. **어떤 말단~하지 않니** ‘장석지’는 전한前漢 문제文帝 때의 인물로, 법을 공정하게 적용한 것으로 유명하다. 이런 고사가 전한다. 어느 날 문제가 왕실 동물원인 등호권䳓虎圈에 가서 그곳의 책임자에게 이것저것 물었다. 책임자가 한마디도 답변하지 못하고 있는데, 말단 관리 한 사람이 문제의 질문에 청산유수로 대답하였다. 이에 문제는 말단 관리를 총책임자에 기용하도록 명령하였다. 그러자 곁에 있던 장석지는 말 잘하는 사람을 기용하는 것이 나라를 위태롭게 하는 일임을 극구 간했으며, 결국 문제는 이 간언을 받아들여 명령을 취소하였다. 여기서 장석지는 보련을, 말 잘하는 말단 관리는 자란을 가리킨다.

의 은혜를 차마 저버릴 수 없었기 때문이야. 주군은 비록 지엄至嚴하시나 운영이 몸을 상할까 저어하여 함부로 가까이하지 않으셨어. 이제 이 적막한 곳을 놓아두고 저 번화한 곳으로 가고자 하는데, 왈패 소년들이 저 자색을 본다면 그중에 분명 넋을 잃고 미치광이처럼 될 자가 있을 것이요, 비록 가까이 다가오진 못한다 하더라도 손가락질하며 눈길을 보낼 터이니 이 또한 욕을 당하는 것이야. 일전에 주군이 명령을 내리시기를, '궁녀가 궁궐 문을 나서거나 외간 사람이 이름을 알게 되면 그 죄는 모두 사죄死罪에 해당한다'고 하셨지. 나도 이번 나들이에 참여하지 않겠어."

자란은 일이 틀렸음을 알고 풀이 죽어 시무룩한 얼굴로 인사하고 물러가려 했습니다. 그때 비경이 울며 비단 허리띠를 잡고 만류하더니 앵무배[73]에 운유주[74]를 따라 권하기에 모두들 함께 마셨습니다. 이윽고 금련이 말했습니다.

"오늘 밤 만남은 일이 잘되도록 주선해 보려는 것이었는데 비경이 우는 걸 보니 내 마음이 참으로 답답하구나."

비경이 말했습니다.

"내가 처음 남궁에 있던 때에는 운영과 매우 친하게 지내며 생사와 영욕을 함께하자고 약속했었지. 지금 비록 사는 곳이 다르

─────────────────

73. **앵무배**鸚鵡盃 자개로 앵무새의 부리 모양으로 만든 술잔.
74. **운유주**雲乳酒 말젖이나 소젖을 발효시켜 만든 요구르트를 말한다.

다고 하나 어찌 차마 잊을 수 있겠어? 일전에 주군께 문안드릴 때 대청마루 앞에서 운영을 보니 가느다란 허리가 더욱 야위었고 얼굴은 초췌하며 목소리는 실낱처럼 힘이 없어 입 밖으로 나오지 못하는 듯했어. 일어나 절하다가 힘없이 땅에 엎어지기에 내가 부축해서 일으키고 다정한 말로 위로해 주었더니 이렇게 말하더 군.

'불행히도 병에 걸려 조만간 죽을 것 같아. 내 미천한 목숨이야 끊어진들 아까울 게 없지. 다만 나머지 아홉 사람의 문장과 재주가 날로 발전해 훗날 아름다운 시편들이 온 세상을 흔들 텐데 나는 그 모습을 볼 수 없을 테니, 이 때문에 슬픔을 금하지 못하겠어.'

그 말이 너무도 서글프고 절절해서 나는 눈물을 흘렸단다. 지금 생각해 보니 그 병은 그리워하는 사람이 있어 시작된 거였어. 아아! 자란은 운영의 벗이라 다 죽어 가는 사람을 태을사太乙祠로 데려가 천상으로 인도하려 하거늘, 만일 오늘의 계획이 혹 이루어지지 않는다면 운영은 죽어서도 눈을 감지 못할 것이요 그 원망은 남궁으로 돌아올 테지? 『서경』書經에 이르기를 '선을 행하면 백 가지 상서로움을 내려 주고, 악을 행하면 백 가지 재앙을 내려 준다'[75]고 했는데, 지금 우리가 벌인 의논은 선일까, 악일까? 소

75. 선을 행하면~내려 준다 『서경』 「이훈」伊訓에 나오는 말.

옥이 이미 찬성했으니 이제 세 사람의 뜻이 찬성으로 모였는데 어찌 중도에서 그만둘 수 있겠어? 설사 일이 탄로 난다 해도 그 죄는 운영 혼자 입을 것이요, 다른 사람들이야 무슨 상관이 있겠어?"

소옥이 말했습니다.

"나는 두말하지 않겠어. 마땅히 운영을 위해 죽을 테야."

자란이 말했습니다.

"찬성하는 사람이 반, 반대하는 사람이 반이니 합의가 이루어지지 못한 거야."

자란이 일어나 가려다가 돌아와 앉더니 다시 각자의 뜻을 탐지해 보았습니다. 개중에는 찬성하고 싶지만 말을 바꾸는 것이 수치스러워 머뭇거리는 사람도 있었지요. 자란이 말했습니다.

"천하의 일에는 정도正道가 있고 권도權道[76]가 있는데, 권도를 써서 합당함을 얻는 것 또한 정도야. 변통하는 권도 없이 앞서 한 말만 고집스레 지킬 이유가 어딨어?"

그러자 모두들 일제히 찬성하였습니다. 자란이 말했습니다.

"내가 말재주 부리는 걸 좋아하지는 않지만 다른 사람을 위해 진심으로 일을 꾸며 보자니 어쩔 수 없었어."

ꃌꃌꃌꃌ

76. 권도權道   수단은 옳지 않으나 결과로 보아 정도正道에 맞는 처리 방식. 정당한 목적을 이루기 위해 부득이하게 사용하는 임기응변의 수단.

비경이 말했습니다.

"옛날 소진[77]은 말재주로 여섯 나라를 동맹하게 만들었는데, 지금 자란은 다섯 사람의 뜻을 바꾸었으니 참으로 변사辨士라 할 만하구나!"

자란이 말했습니다.

"소진은 여섯 나라의 재상 인수[78]를 꿰찼거늘, 이제 내게는 어떤 선물을 줄 거야?"

금련이 말했습니다.

"동맹한 일이야 여섯 나라에 이득이었지만, 지금 뜻을 바꿨다고 해서 우리 다섯 사람에게 무슨 이득이 있겠누?"

모두들 마주 보고 한바탕 크게 웃었습니다. 이윽고 자란이 말했습니다.

"남궁 사람들이 선행을 베풀어 거의 끊어질 뻔한 운영의 목숨을 다시 이어 주었으니 어찌 절하여 감사하지 않을 수 있겠어?"

그러고는 일어나 두 번 절했습니다. 소옥 또한 일어나 답례의 절을 했습니다. 자란이 말했습니다.

"오늘 일을 다섯 사람이 찬성해 주었는데, 위로는 하늘이 있고

77. 소진蘇秦 전국시대의 책사策士. 당시 가장 강력한 나라였던 진秦나라에 대항하기 위해 연燕나라와 조趙나라 등 여섯 나라가 동맹을 맺게 한 후 여섯 나라의 재상이 되었다.
78. 인수印綬 관인官印의 끈. 관인은 관리의 관직이나 작위를 표시하는 도장으로, 관리는 관인의 고리에 끈을 달아 항상 몸에 차고 다녔다.

아래로는 땅이 있으며 등불이 환히 비추고 있고 귀신도 우리를 내려다보고 있으니 내일 딴말을 하진 않겠지?"

자란이 일어나 인사하고 떠나자 다섯 사람 모두 중문[79] 밖까지 나와 전송했습니다.

자란이 돌아와 제게 그 사이의 일을 말해 주었습니다. 저는 벽을 붙잡고 일어나 두 번 절하고 감사의 말을 했습니다.

"나를 낳아 주신 분은 부모님이요, 나를 살려 준 사람은 바로 너야! 죽기 전에 꼭 이 은혜에 보답할게."

아침이 올 때까지 앉아서 기다리다가 들어가 대군께 문안을 드렸습니다. 물러 나와 중당[80]에 열 사람이 모였지요. 소옥이 말했습니다.

"하늘은 맑고 물은 차니 빨래하며 노닐 때가 돌아왔구나. 오늘 소격서동에 나가 장막을 치는 게 어떨까?"

여덟 사람 모두 이의가 없었습니다.

저는 서궁으로 물러와 새하얀 비단 적삼에다 가슴 가득한 슬픔과 원망을 글로 적어 품 안에 간직했습니다. 그러고는 자란과 함께 일부러 일행에서 뒤처진 뒤 말 모는 아이에게 이렇게 말했습니다.

"동대문 밖의 무당이 가장 영험하다더구나. 그 집에 가서 내 병

79. 중문中門 대문 안에 또 세운 문.
80. 중당中堂 집 중앙에 있는 방.

에 대해 한번 물어보자."

아이종이 제 말대로 해 주었습니다. 저는 그 집에 이르러 무녀에게 공손한 말로 애걸했습니다.

"오늘 제가 온 이유는 오직 김진사를 한번 만나 보고 싶어서입니다. 급히 가서 소식을 통해 준다면 평생토록 그 은혜를 갚겠어요."

무녀가 제 말대로 즉시 김진사 댁으로 사람을 보내자 진사가 거꾸러질 듯 도착했습니다. 우리 두 사람은 서로 마주하여 한마디 말도 하지 못하고 그저 바라보며 눈물만 흘릴 따름이었습니다. 제가 편지를 주며 말했습니다.

"저녁을 틈타 다시 돌아올 테니 낭군께서는 여기 머물러 기다려 주셔요."

저는 곧바로 말을 타고 떠났습니다. 진사가 편지를 뜯어보았는데, 그 편지 내용은 다음과 같았습니다.

지난번 무산의 신녀[81]가 편지 한 통을 전해 주었습니다. 맑디맑은 음성이 종이 가득 절절하게 담겨 있더군요. 공경하는 마음으로 세 번 거듭 읽으니 슬픔과 기쁨이 극도로 뒤엉켜 마음을 진정할 수 없었습니다. 즉시 답장을 올리고 싶었으나 믿을 만한 심부름꾼이 없는 데다 혹 비밀이 샐까 두려운 마음이 들었습니다. 목을 빼고 먼 곳만 바라볼 뿐, 날아가고 싶지만 날개가 없으니 애가 끊어지고 넋이 사그라들어 오직 죽을 날만 기다릴 따름이었어요. 하오나 죽기 전에 짧은 편지에나마 평생 가슴속에 간직해 오던 것을 모두 토로하려 하니, 낭군께서는 잘 들어 주시기를 간절히 바랍니다.

제 고향은 남쪽 지방이랍니다. 부모님은 여러 자식 중에서도 유독 저를 사랑하셔서 집 밖에서 장난하며 놀 때에도 저하고 싶은 대로 놓아두셨더랬어요. 그래서 동산 수풀이며 물가에서, 또 매화나무와 대나무, 귤나무와 유자나무가 우거진 그늘에서 날마다 놀곤 했어요. 이끼 긴 물가 바위에서 고기잡이하던 아이들, 나무하고 소 치며 피리 불던 아이들이 아침저녁으로 눈에 선하고, 그 밖에 산과 들의 모습이며 시골집의 흥겨운 풍경을 일일이 손꼽기 어렵네요. 부모님은 처음에 『삼강행실도』[82]와 『칠언당음』[83]을 가르쳐 주셨지요. 열세 살에 주군의 부르심을 받게 되었기에 저는 부모님과 헤어지고 형제들과 떨어져 궁중으로 들어오게 되었습니다.

---

82. 『삼강행실도』三綱行實圖 군신君臣·부자父子·부부夫婦의 삼강三綱에 모범이 될 만한 충신·효자·열녀를 뽑아 그 행적을 기록한 책. 세종의 명을 받아 집현전 부제학副提學 설순偰循 등이 처음 편찬했다.

83. 『칠언당음』七言唐音 7언으로 된 유명한 당시唐詩를 뽑아 묶은 책. 아동 교육용으로 쓰였다.

하지만 고향을 그리는 정을 금할 수 없었기에, 보는 사람들이 저를 천하게 여겨 궁중에서 내보내도록 만들려고 날마다 헝클어진 머리에 꾀죄죄한 얼굴로 남루한 옷을 입은 채 뜨락에 엎드려 울고 있었어요. 그랬더니 궁인 한 사람이 이런 말을 하더군요.

"한 떨기 연꽃이 뜰 안에 절로 피었구나."

부인께서 저를 아끼셔서 친자식이나 다름없이 대해 주셨고, 주군 또한 저를 심상한 몸종으로 보지 않으셨어요. 궁중 사람들 중에 저를 친형제처럼 사랑하지 않은 사람이 없었답니다. 공부를 시작한 뒤로는 자못 의리를 알고 음률에 정통하였으므로 나이 많은 궁인들도 모두 저를 공경했습니다. 급기야 서궁으로 옮긴 뒤로는 거문고와 서예에 전념하여 더욱 조예가 깊어졌으니, 손님들이 지은 시는 하나도 눈에 차는 것이 없었지요. 재주가 이러함에도 여자로 태어나 당세에 이름을 날리지 못하고, 운명이 기구하여 어린 나이에 공연히 깊은 궁궐에 갇혀 있다가 끝내 말라 죽게 된 제 처지가 한스러울 따름이었습니다. 사람이 태어나 한번 죽고 나면 누가 알아주겠습니까? 이 때문에 마음속 굽이굽이 한이 맺히고 가슴속 바다에는 원통함이 가득 쌓여, 수놓던 것을 문득 등불에 태우기도 하고 베를 짜다 말곤 북을 던지고 베틀에서 내려오기도 했으며 비단 휘장을 찢어 버리기도 하고 옥비녀를 부러뜨리기도 했습니다. 잠시 술 한 잔에 흥이 오르면 맨발로 산보를 하다가 섬돌 곁에 핀 꽃을 꺾어 버리기도 하고, 뜰에 난 풀을 꺾어 버리기도 하는 등 바보인 듯 미치광이인 듯 정을 억누르지 못했어요.

작년 가을밤이었지요. 처음 군자의 모습을 뵙고 '천상의 신선이 인간 세계로 유배 오신 게로구나' 하고 생각했답니다. 첩의 용모가 다른 아홉 사람보다 훨씬 못하건만 전생에 무슨 인연이 있었던 걸까요? 제 옷에 튄 먹물 한 점이 마침내 가슴속 원한을 맺게 한 빌미가 될 줄을 어찌 알았겠습니까? 주렴 사이로 바라보면서는 곁에서 모실 인연을 만들고 싶었고, 꿈속에서 뵈었을 때는 장차 잊지 못할 사랑을 이뤄 보고 싶었어요. 비록 한 번도 이불 속의 기쁨을 나눈 적은 없지만 아름다운 낭군의 모습이 황홀하게도 제 눈 속에 어려 있었습니다. 배꽃에 두견새 우는 소리며 오동나무에 밤비 내리는 소리를 서글퍼 차마 들을 수 없었어요. 뜰 앞에 가녀린 풀이 돋아나고 하늘가에 외로운 구름이 날리는 모습 역시 서글퍼 차마 볼 수 없었지요. 병풍에 기대앉기도 하고 난간에 기대서기도 하여 가슴을 치고 발을 구르며 하늘에 호소해 보건만, 낭군 또한 저를 생각하고 계셨는지요? 다만 한스러운 것은 이 몸이 낭군을 만나 보기도 전에 돌연 죽지 않을까 하는 것이어요. 그리 된다면 천지가 다한들 가슴속 정은 사라지지 않을 것이요, 바다가 마르고 바위가 문드러진다 해도 품은 한은 사그라지지 않을 것입니다.

오늘 나들이는 두 궁의 시녀가 모두 다 모이는 행사이기에 저 혼자 이곳에 오래 머무를 수가 없답니다. 넋으로 짠 비단에다 눈물 섞인 먹물로 편지를 씁니다. 낭군께서 한번 보아 주시기를 엎드려 바라나이다. 또 졸렬한 시를 적어, 지난번 시 한 편을 보내 주신 은혜에 삼가 답합니다. 제가 지은 글이 아름다워서가 아니라 모쪼록 앞으로 내내 좋은 일이 있기를 바라는 뜻에서 드리는 것입니다. 하나는 가을을 아파하는 시요, 또 하나는 그리는 마음을 담은 시입니다.

그날 저녁 돌아올 때에 자란과 제가 먼저 나서서 동문 밖을 향하자 소옥이 슬며시 비웃으며 절구[84] 한 편을 지어 주었는데, 온통 저를 조롱하는 뜻이었지요. 저는 내심 부끄럽고 무안했으나 참고 받았습니다. 그 시는 이러했어요.

태을사太乙祠 앞에서 시냇물 휘돌더니
천단天壇 위의 구름 다하고 아홉 문이 열리네.
가느다란 허리가 미친바람 이기지 못해

84. 절구絕句 네 구절로 이루어진 한시 형식.

80

잠깐 숲 속으로 피했다 해 질 녘에 돌아오네.

비경이 즉시 그 운자韻字를 따라 시를 짓자 금련과 보련과 부용도 연이어 시를 지었는데, 또한 모두 저를 조롱하는 뜻이었습니다.

제가 말을 타고 앞서 가 무녀의 집에 이른즉, 무녀는 내놓고 성난 기색을 보이며 벽을 향해 돌아앉은 채 낯빛을 풀지 않았습니다. 진사는 편지가 적힌 비단을 끌어안고 온종일 눈물을 흘린 듯 보였습니다. 넋이 빠진 사람처럼 제가 온 줄도 모르고 있더군요. 저는 왼손에 끼고 있던 운남산85 옥빛 가락지를 뽑아 진사의 품속에 넣으며 말했습니다.

"낭군께서 저를 하찮게 여기지 않으시어 귀한 몸을 굽히고 누추한 곳에서 기다려 주셨군요. 제가 비록 어리석고 둔하나 또한 목석은 아니니 감히 목숨을 걸고 허락하지 않을 수 있겠습니까? 제가 만일 약속을 어긴다면 이 반지를 징표로 삼으시기 바랍니다."

갈 길이 바빠 일어서서 작별하려니 눈물이 비 오듯 쏟아졌습니다. 진사의 귀에 대고 이렇게 말했습니다.

"저는 서궁에 있어요. 낭군께서 밤을 틈타 서쪽 담장을 넘어 들

---

85. 운남산雲南産 '운남'은 중국 남서쪽의 성省 이름. 베트남의 북쪽에 있다.

어오시면 삼생[86] 동안 다하지 못한 인연을 이룰 수 있을 겁니다."

말을 끝내고 옷을 떨치며 떠났습니다. 제가 자란과 먼저 궁문으로 들어오자 여덟 사람도 연이어 도착했습니다.

그날 밤 10시 무렵이었습니다. 소옥과 비경이 불을 밝히고 앞장서 서궁에 와 이렇게 말했습니다.

"낮에 우리는 별 뜻 없이 시를 지었던 것인데 너를 희롱하는 말이 있었던가 보다. 그래서 밤이 깊었지만 사과하러 왔단다."

자란이 말했습니다.

"다섯 시가 모두 남궁 사람의 글이지 뭐야. 한번 궁이 나뉜 뒤로는 자못 앙금이 있어 마치 당나라 때 우승유와 이덕유[87]의 당쟁을 보는 것 같지 않니? 그러나 여자의 마음이란 누구라도 똑같은 거야. 우리 모두 오래도록 궁궐에 갇혀 외로이 제 그림자만을 바라보며, 마주하는 것이라곤 등불뿐이요 할 수 있는 일이라곤 거문고를 타며 노래하는 일뿐이지. 온갖 꽃들은 활짝 피어나 웃음을 머금고 제비는 쌍쌍이 날며 장난질을 하는데, 기박한 운명의 우리들은 깊은 궁궐에 함께 갇힌 채 천지만물을 바라보며 봄의 정취를 품기만 할 따름이니 그 마음이 어떻겠니? 무산의 신녀는 초나라 임금의 꿈에 자주 나타났고, 서왕모는 요대[88]의 잔치에 여

---

86. **삼생**三生 불교에서 전생前生·현생現生·내생來生을 함께 이르는 말.
87. **우승유**牛僧孺**와 이덕유**李德裕 당나라 목종穆宗·무종武宗·선종宣宗 3대에 걸쳐 각각 '우당' 牛黨과 '이당' 李黨의 영수로서 치열한 정쟁政爭을 벌였던 인물.

러 번 참석했다지. 여자의 마음은 모두 같은 법인데, 남궁 사람은 어찌해서 유독 항아처럼 괴로이 정절을 지키며 불사약을 훔쳤던 옛일[89]을 후회하지 않는지 몰라."

비경과 소옥이 모두 흐르는 눈물을 금하지 못하며 말했습니다.

"한 사람의 마음이 곧 천하 모든 사람들의 마음이지. 이제 훌륭한 가르침을 받으니 슬프디슬픈 마음이 구름처럼 일어난다."

그러고는 일어나 절하고 물러갔습니다. 제가 자란에게 말했습니다.

"오늘 밤 나는 낭군과 굳은 약속을 했어. 오늘 오시지 못한다면 내일은 꼭 담을 넘어 오실 거야. 그런데 오시면 어떻게 해야 할까?"

자란이 말했습니다.

"수놓은 장막을 겹겹이 치고 비단 자리를 휘황찬란하게 편 다음 술은 강물처럼 고기는 산처럼 준비해야지. 오시지 않을까 의심하면 했지, 오시기만 한디면야 어려운 일이 뭐 있겠니?"

그날 밤은 과연 진사가 오지 않았습니다.

한편 진사가 몰래 서궁을 엿보니, 담장이 까마득히 높아 몸에 날개가 달리지 않고서는 오를 수가 없었습니다. 집에 돌아가 멍하니 말이 없는데 얼굴에 근심이 가득했습니다. 진사의 사내종

❧❧❧❧

88. 요대瑤臺 신선이 사는 누각.

89. 항아처럼 괴로이~훔쳤던 옛일 요堯임금 때 활 잘 쏘기로 이름난 예羿라는 사람이 서왕모에게 불사약을 받았는데, 예의 아내인 항아姮娥가 이를 훔쳐 달나라로 달아났다는 고사를 말한다.

중에 이름이 특特이라고 하는 자가 있었는데, 유능하고 술수가 많았습니다. 특이란 놈이 진사의 안색을 살피더니 앞으로 와서 꿇어앉아 이렇게 말했습니다.

"진사님께서는 필시 오래 사시지 못할 것 같습니다."

특이 뜰에 엎드려 울자 진사가 가슴속에 품은 말을 다 털어놓았습니다. 특이 말했습니다.

"왜 진작에 말씀하지 않으셨습니까? 제가 일을 꾸며 봅지요."

특은 즉시 사다리를 만들어 왔습니다. 사다리는 매우 가벼운데다가 접었다 폈다 할 수 있어서 접으면 병풍을 겹쳐 놓은 모양이 되고 펴면 대여섯 길 되는 높이라도 손쉽게 오르내릴 수 있었습니다.

"이 사다리를 타고 궁궐 담장에 올라가신 다음 접었다가 다시 담장 안으로 펼쳐 내리십시오. 오실 때에도 역시 그렇게 하시면 됩니다."

진사가 특으로 하여금 뜰에서 시험해 보게 하니 과연 그 말대로였습니다. 진사는 매우 기뻐했습니다.

그날 밤에 궁궐로 가려는데 특이 또 품속에서 이리 가죽으로 만든 버선을 꺼내 주며 말했습니다.

"이 물건이 없으면 가시기 어렵습니다."

진사가 신고 걸어 보니 날아가는 새처럼 걸음이 가볍고 땅 위에 발소리가 나지 않았습니다. 진사가 특이 가르쳐 준 꾀를 써서

안팎의 담장들을 넘어 들어가 대숲에 엎드려 있노라니 달빛은 낮
처럼 환하고 궁궐 안은 고요하기만 했습니다. 잠시 후 누군가가
안에서 나와 산보하며 들릴 듯 말 듯 뭔가 읊조리고 있었습니다.
진사는 대나무를 헤치고 머리를 내밀며 말했습니다.

"여기 누가 와 있소!"

그 사람이 웃으며 대답했습니다.

"낭군님, 나오셔요! 낭군님, 나오셔요!"

진사가 종종걸음으로 나와 인사하고 말했습니다.

"나이 어린 사람이 풍류로운 흥을 이기지 못해 천만 번 죽음을
무릅쓰고 감히 이곳에 왔습니다. 바라건대 낭자께서는 저를 가련
히, 불쌍히, 슬피, 긍휼히 여겨 주십시오!"

자란이 말했습니다.

"낭군께서 오시기를 고대함이 큰 가뭄에 무지개 바라는 것과
같았는데, 이제 다행히 뵙게 되어 안심이 됩니다. 낭군께서는 의
심하지 마셔요."

그러고는 즉시 이끌고 안으로 들어갔습니다. 진사는 어깨를 잔
뜩 웅크린 채 층계를 올라가 굽은 난간을 따라 걸었습니다. 저는
비단 창을 열고 옥으로 만든 등을 밝히고 앉아, 길짐승 모양의 금
향로에 울금[90]으로 만든 향을 피우고 유리 책상 위에는 『태평광

꒜꒜꒜
90. 울금鬱金 생강과의 다년초인 심황을 말한다. 향내가 좋다.

기』[91] 한 권을 펼쳐 놓고 있었습니다. 그러다 진사가 들어오시는 것을 보고는 일어나 맞이하는 절을 했고 진사도 답례를 하셨지요. 손님과 주인의 예법에 따라 동서로 나누어 앉고 자란에게 진수성찬을 올리게 하여 자하주[92]를 따라 드렸습니다. 석 잔을 마시자 진사가 취한 척하며 이렇게 말했습니다.

"시각이 얼마나 되었소?"

자란이 대번에 그 뜻을 알아차리고는 장막을 내린 다음 문을 닫고 나갔습니다. 저는 등불을 끄고 잠자리를 함께 했습니다. 그 기쁨이야 짐작하시겠지요.

밤이 지나 새벽이 가까웠습니다. 뭇 닭들이 새벽을 알리자 진사는 즉시 일어나 떠났습니다. 이때부터 밤이면 들어와 새벽에 나가는 일이 날마다 되풀이되었습니다. 그러는 사이에 정은 더욱 깊어져 이젠 우리 스스로 멈출 수 없는 지경에 이르고 말았습니다. 담장 안쪽에 쌓인 눈에 발자국이 남아 궁인들 모두 진사가 출입하는 줄 알고 위태롭게 여기고들 있었는데도 말이어요.

하루는 진사가 홀연 좋은 일 끝에 재앙이 있지 않을까 하는 걱정이 들어 마음속으로 몹시 두려워하며 온종일 넋이 나간 듯 침울해 있던 참이었습니다. 하인 특이 밖에서 들어오더니 이렇게

91.『태평광기』太平廣記 송宋나라 때 이방李昉 등이 황제의 명을 받아 편찬한 총 500권의 책. 한대漢代로부터 오대五代에 이르기까지의 소설류를 망라하였다.
92. 자하주紫霞酒 신선이 마신다는 좋은 술.

말했습니다.

"내 공이 매우 큰데 여태껏 상을 안 주실 수 있는 겁니까?"

진사가 말했습니다.

"가슴에 새겨 잊지 않고 있느니라. 조만간 마땅히 큰 상을 내릴 게야."

특이 말했습니다.

"지금 안색을 보니 또 근심이 있는 모양인데 무슨 까닭이옵니까?"

진사가 말했습니다.

"안 만나자니 병이 마음속 깊이까지 들어오고, 만나자니 측량할 길 없는 죄에 빠지게 되는구나. 사정이 이런데 어찌 근심하지 않을 수 있겠느냐?"

특이 말했습니다.

"그러시다면 훔쳐 업고 내빼는 게 어떨깝쇼?"

진사는 그럴싸하게 여기고 그날 밤 제게 특이 가르쳐 준 계책을 전하며 이렇게 물었습니다.

"특이란 종이 원래 지략이 많은데 이런 계책을 일러 줍디. 어찌 생각하오?"

제가 응낙하며 말했습니다.

"저희 부모님 재산이 많아 제가 이곳으로 올 때 의복이며 금은보화를 많이 싣고 왔어요. 게다가 주군께서 내리신 선물도 매우 많으니 이 물건들을 버려두고 갈 수는 없겠어요. 지금 옮기려면 말 10필이라도 다 싣지 못할 거예요."

진사가 돌아가 특에게 이 말을 전하자 특이 매우 기뻐하며 말했습니다.

"제 친구 중에 힘깨나 쓰는 장사 스무 명이 있습니다. 날마다 깡패 짓을 일삼고 다니지만 사람들이 감히 당해 내질 못합지요. 허나 저와는 깊이 사귀는 처지라 제 말이라면 그대로 복종합니다. 이 녀석들을 시키면 태산이라도 옮길 수 있고 이 녀석들로 하여금 진사님을 보호하게 한다면 일만 명이 와도 대적할 수 있습니다. 절대 염려하지 마세요."

진사가 들어와 제게 이 말을 전해 주었고, 저도 그렇게 하는 게 좋겠다 여겼습니다. 밤마다 물건을 수습하여 이레째 되는 밤에야 모두 밖으로 옮길 수 있었습니다. 특이 이렇게 말했습니다.

"이처럼 귀중한 보물을 본댁에 쌓아 두었다가는 큰 상전[93]께서 의심하실 것이요, 제 집에 쌓아 두면 이웃 사람들이 의심할 게 틀림없습니다. 다른 방도가 없으니 산속에 구덩이를 파서 깊이 묻어 놓고 단단히 지키는 게 좋겠습니다."

진사가 말했습니다.

"만일 잘못이 드러나면 너나 나나 도적의 이름을 면하기 어려

---

93. 큰 상전 김진사의 부친을 말한다.

울 것이다. 네가 잘 지켜야 하느니라."

특이 말했습니다.

"제 꾀가 이렇게나 깊고 제 친구가 이렇게나 많으니 천하에 어려울 일이 없습니다. 하물며 제가 직접 장검을 들고 밤낮으로 그 자리를 뜨지 않을 터이니, 제 눈은 파내 갈지언정 이 보물은 빼앗을 수 없을 것이며 제 발은 자를지언정 이 보물은 가져갈 수 없을 겁니다. 염려 푹 놓으십시오."

특의 의도는 이 보물들을 얻은 뒤에 저와 진사를 산골짜기로 끌어들여 진사를 죽이고 저와 보물을 모두 차지하려는 것이었습니다만, 진사는 세상 물정에 어두운 선비인지라 이를 몰랐던 것이지요.

하루는 대군이 비해당에다 좋은 글귀를 적은 현판을 걸고자 했으나 여러 손님들의 시가 모두 마음에 차지 않자 김진사를 불러 잔치를 베풀고 글을 청했습니다. 진사가 한 번 붓을 휘둘러 써내니 구구절절 권점[94]이라, 산수 경치며 비해당의 모양을 이루 다 표현하지 않은 것이 없어 가히 비바람을 놀라게 하고 귀신도 곡하게 할 만하였습니다. 대군이 구구절절 칭찬하며 이렇게 말했습니다.

"오늘 왕자안[95]을 다시 보게 될 줄 미처 몰랐구려!"

❧❧❧❧
94. 권점圈點 글의 중요한 부분이나 빼어난 구절 옆에 찍는 동그라미표.

대군이 읊조리기를 그치지 않다가 다만 '담장 넘어 몰래 풍류스런 노래를 훔치네'라는 구절에 이르러 입을 다물고 의심하였습니다. 진사가 일어나 절하고 말했습니다.

"취하여 정신을 못 차리겠으니 이만 물러가겠나이다."

대군은 아이종에게 진사를 부축하여 전송하도록 분부하였습니다.

이튿날 밤에 진사가 들어와 제게 말했습니다.

"떠나야겠소! 어제 내가 지은 시 때문에 대군의 의심을 사게 되었으니 오늘 밤 떠나지 않으면 화를 면하지 못할 것 같소."

제가 대답했습니다.

"어젯밤 꿈에 흉악하게 생긴 사람이 하나 나타나더니 자신이 묵특선우[96]라며 이렇게 말했어요.

'전에 했던 약속이 있어 만리장성 아래에서 오랫동안 기다리고 있었노라.'

화들짝 꿈에서 깨어 일어났는데, 꿈자리가 상서롭지 못한 게 무척이나 이상했어요. 낭군께서도 한번 생각해 보셔요."

진사가 말했습니다.

꽃꽃꽃꽃

95. **왕자안王子安** 당나라 시인 왕발王勃을 말한다. '자안'은 그의 자字이다. 어려서부터 시와 문으로 명성을 떨쳤으나 27세로 요절했다.

96. **묵특선우** '묵특'冒頓은 한나라 때의 북방 민족인 흉노匈奴 왕의 이름. '선우'單于는 흉노의 왕을 일컫는 말. '묵특'의 '특'頓은 등장인물 '특'特을 환기시킨다.

"꿈속의 황당무계한 일을 어이 믿겠소?"

제가 말했습니다.

"'만리장성'이라 한 것은 궁궐 담장이요, '묵특'이라 한 것은 특을 말하는 듯해요. 낭군께서 특의 속마음을 어찌 아셔요?"

진사가 말했습니다.

"특이 원래는 몹시 흉악하지만 나에게만큼은 충성을 다하고 있소. 오늘날 그대와 이처럼 좋은 인연을 맺은 것도 모두 특의 계책이지 않소. 처음에 충성을 바치다가 나중에 가서 해코지를 할 까닭이 있겠소?"

제가 말했습니다.

"낭군의 말씀이 이처럼 간절하니 어찌 감히 거절하겠습니까? 다만 자란은 형제처럼 정을 나눈 사이이니 알리지 않을 수 없어요."

즉시 지란을 불러 세 사람이 둘러앉았습니다. 제가 진사의 계책을 이야기하자 자란은 매우 놀라 손을 치며 이렇게 꾸짖었습니다.

"서로 즐긴 지 오래되더니 스스로 재앙을 앞당기려는 거니? 한두 달 사귀었으면 또한 만족할 만하건만 담장을 넘어 달아나겠다니, 그게 사람이 차마 할 짓이니? 주군께서 네게 마음을 쏟은 지 이미 오래인 점이 떠나서는 안 될 첫째 이유요, 부인의 자상한 보살핌이 떠나서는 안 될 둘째 이유요, 재앙이 네 부모님께 미치리라는 점이 떠나서는 안 될 셋째 이유요, 네 죄가 서궁에까지 미치리라는 점이 떠나서는 안 될 넷째 이유야. 더구나 천지가 하나의 그물 안에 들어 있으니 하늘 위로 오르고 땅속으로 들어가지 않고서야 어디로 달아날 수 있겠니? 만일 잡히면 그 재앙이 네 몸에만 그치겠어? 꿈자리가 안 좋았다는 건 할 필요도 없는 말이야. 만일 좋은 징조였다면 기꺼이 가겠다는 거니? 뜻을 굽히고 고요함 속에 편안히 앉아 하늘의 뜻을 따르는 게 제일 좋아. 네가 좀 더 나이 들어 얼굴이 시들면 주군의 사랑도 차츰 식어 갈 거야. 그 즈음 형세를 보아 병들었다며 오래 누워 있으면 필시 고향으로 돌아가라 허락하시겠지. 그때 가서 낭군과 손잡고 돌아가 함께 살면 그 즐거움이 얼마나 크겠니? 지금 이런 생각을 못하고 감히 사리에 어긋나는 계책을 내다니, 네 비록 사람은 속인다 할지라도 하늘마저 속일 수 있을 것 같니?"

진사는 일이 틀린 줄 알고 한숨을 내쉬며 눈물을 머금고 나갔습니다.

하루는 대군이 서궁 수헌[97]에 앉아 있는데, 왜철쭉[98]이 흐드러지게 피자 서궁 시녀들에게 5언 절구 한 편씩을 지어 바치도록 분부했습니다. 대군이 그 지은 글을 보고 매우 칭찬하며 이렇게 말했습니다.

꧁꧂꧁꧂

97. **수헌繡軒** 궁녀들이 수를 놓는 방.
98. **왜철쭉** 원산지는 일본으로, 오뉴월에 꽃이 핀다.

"너희들의 글이 날로 훌륭해져 내 마음이 무척 기쁘구나. 그러나 다만 운영의 시에는 누군가를 그리워하는 뜻이 현저하구나. 전에 연기를 읊은 시에도 살짝 그런 뜻이 보이더니만 지금 또 이러하니, 네가 따르고자 하는 자가 대체 누구냐? 얼마 전 김진사가 지은 글에 이상한 글귀가 있어 의심스럽던데, 혹시 네가 김진사에게 사사로운 마음을 갖고 있는 게냐?"

첩은 즉시 뜰에 내려와 머리를 조아리고 울며 말했습니다.

"주군께 처음 의심을 받았을 때 그 자리에서 자결하고 싶었으나 제 나이 아직 스물이 못 되었고 부모님을 다시 보지 못한 채 죽는 것이 너무도 원통하여 구차히 목숨을 부지하고 고통을 참으며 지금에 이르렀습니다. 하오나 지금 또 의심을 받고 보니 한 번 죽는 것을 어찌 애석히 여기겠습니까? 천지 귀신이 삼엄하게 늘어서 있고 시녀 다섯 사람이 잠시도 떨어져 있지 않건만 더러운 이름이 유독 제게만 돌아오니 첩은 이제 여기서 죽어 마땅합니다."

그러고는 즉시 비단 수건으로 난간에 목을 맸습니다. 그러자 자란이 말했습니다.

"현명하신 주군께서 죄 없는 시녀를 자결케 하신다면 이후 저희들은 결코 붓을 잡지 않겠나이다."

대군이 몹시 노하긴 하였으나 실제 마음속으로는 제가 죽기를 바라지 않았던가 봅니다. 그랬기에 자란을 시켜 저를 구하게 했고, 이로써 저는 죽음에까지는 이르지 않았습니다. 대군이 흰 비단 다섯 단을 저희 다섯 사람에게 나누어 주며 말했습니다.

"시가 매우 아름다워 상을 내리느니라."

이로부터 진사가 다시는 궁궐에 출입하지 못하게 되었습니다. 진사는 두문불출하고 지내다가 병들어 누워 눈물로 이불을 적셨는데, 그 목숨이 실낱같았습니다. 특이 와서 뵙고 말했습니다.

"대장부가 죽으면 죽었지, 상사병으로 맺힌 원한 때문에 아녀자가 속을 끓이는 것처럼 잗달게 굴며 천금 같은 몸을 스스로 버린단 말입니까? 이제 계책을 부리면 궁녀를 취하는 것 또한 어렵지 않습니다. 한밤중 인적이 없는 때에 담을 넘어 들어가 솜으로 입을 틀어막고 업어 나오면 누가 감히 저를 뒤쫓겠습니까?"

진사가 말했습니다.

"그 계책 또한 위험하구나. 정성을 다해 설득하느니만 못하겠다."

그날 밤 진사가 들어왔는데, 첩은 병으로 일어날 수 없어 자란을 시켜 맞이하게 했습니다. 술 석 잔이 오간 뒤 제가 편지 한 통을 주며 말했습니다.

"이후로는 다시 만날 수 없겠어요. 삼생의 인연도 백 년의 기약도 오늘 밤으로 끝이군요. 만일 하늘이 맺어 준 인연이 아직 남아 있다면 저승에서 다시 만날 수 있겠지요?"

진사는 편지를 받아 안고 우두커니 서서 멍하니 바라보다가 가습을 치고 눈물을 흘리며 나갔습니다. 자란은 애처로운 마음에 차마 보지 못하고 기둥에 기대 몸을 숨긴 채 눈물을 뿌리며 서 있었습니다. 진사가 집에 돌아와 편지를 뜯어보니 이런 내용이었습니다.

기박한 운명을 타고난 운영이 두 번 절하고 아룁니다. 보잘 것없는 제가 불행히도 낭군의 마음을 얻어 서로 그리워한 것이 며칠이며 서로 바라보기만 한 것이 또 얼마였던가요? 다행히 하룻밤 기쁨을 나누었으나 바다처럼 깊은 정은 여전히 다하지 못했습니다. 인간 세계의 좋은 일에는 조물주의 시샘이 많은 법인가요? 궁인들이 알고 주군이 의심하여 재앙이 코앞에 닥쳐왔으니 이젠 죽음이 있을 따름입니다. 엎드려 바라나니 낭군께서는 이별한 뒤 천한 저를 가슴속에 두어 마음 상하지 마시고, 학업에 더욱 힘써 과거에 급제한 후 벼슬길에 나아가 후세에 이름을 드날리고 부모님을 영예롭게 하셔요. 첩의 의복이며 금은보화는 모두 팔아 부처님께 공양하고 지극 정성으로 소원을 빌어서 삼생의 연분을 다음 생에서 다시 이을 수 있게 해 주시기를 간절히 바랍니다.

진사는 끝까지 읽기도 전에 기절해 땅에 쓰러졌는데, 하인들이 급히 구한 덕에 소생할 수 있었습니다. 특이 밖에서 들어와 말했습니다.

"궁녀가 뭐라 대답했기에 진사님께서 이처럼 죽을 뻔하셨습니까?"

진사는 다른 말 없이 이렇게만 말했습니다.

"보물은 네가 잘 지키고 있도록 해라. 장차 모두 팔아 부처님께 바치고 너와의 약속도 지키려 한다."

특이 집으로 돌아와 생각했습니다.

'궁녀가 나오지 못한다면 그 보물은 하늘이 내게 주신 거로구나!'

벽을 보고 가만히 웃었으나 사람들은 이를 알 수 없었지요.

하루는 특이 스스로 제 옷을 찢고 제 코를 때려 코피로 온몸을 칠하고는 머리를 마구 헝클어뜨린 채 맨발로 뛰쳐 들어오더니 뜰에 엎드려 울며 말했습니다.

"강도에게 당했습니다요!"

그러고는 더 말을 못하는 것이 기절한 사람 같았습니다. 진사는 특이 죽으면 보물 묻은 곳을 알 수 없겠다 싶어 직접 약을 먹이며 온갖 방법으로 정신을 차리게 한 다음 술과 고기를 먹였습니다. 특이 10여 일 만에 자리에서 일어나 이렇게 말했습니다.

"저 홀로 산속에서 지키고 있는데 도적 떼가 들이닥쳤습니다. 때려죽이려는 기세여서 목숨을 걸고 달아나 겨우 살아났습지요. 그 보물이 아니었다면 제가 어찌 이런 재액을 당했겠습니까? 타고난 명이 이처럼 험하니 제명에 못 죽지 않겠습니까?"

그러더니 발로 땅을 구르고 손으로 가슴을 치며 통곡했습니다. 진사는 부모님이 알까 두려워 좋은 말로 달래서 보냈습니다.

얼마 뒤 진사는 특이 벌인 짓을 알게 되었습니다. 친구 몇 사람과 종 10여 명을 거느리고 불시에 특의 집을 포위했으나 얻은 것이라곤 겨우 금팔찌 하나와 거울 한 개뿐이었지요. 이것을 장물로 삼아 관아에 고발해서 죄를 추궁하고 싶었지만, 그러자니 그동안의 모든 일이 탄로 날까 걱정이었습니다. 보물을 찾지 못하면 불공을 드릴 수 없으니, 마음으로는 특을 죽이고 싶었으나 힘으로 제압할 수 없기에 끙끙대며 아무런 말도 하지 못하고 있었습니다. 특은 제 죄를 알고 궁궐 담장 밖에서 점을 보는 맹인에게 물었습니다.

"내가 접때 새벽에 이 궁궐 담 밖을 지나다가 궁궐 안에서 서쪽 담장을 넘어 나오는 사람을 보았수. 그자가 도둑으로 보여 소리를 지르며 뒤쫓아갔더니만, 그자는 가지고 있던 물건을 버리고 달아나더구먼. 나는 그 물건을 가지고 돌아가 집에 간직해 두고 원래 주인이 오기를 기다리고 있었수. 그런데 나의 주인은 원래 예의염치와는 거리가 먼 사람이라, 내가 어떤 물건을 얻었다는 말을 듣고는 몸소 와서 내놓으라고 했지. 나는 '다른 건 없고 단지 팔찌하고 거울, 두 가지 물건을 얻었을 뿐입니다' 하고 대답했수. 그러자 우리 주인이 직접 방에 들어와 찾더니 과연 두 가지 물건을 얻었거든. 그런데도 이 사람 욕심은 끝이 없어 시방 나를 죽이려 든다우. 그래서 내가 달아나려 하는데, 달아나는 게 길하 겠수?"

맹인이 말했습니다.

"길합니다."

맹인의 이웃 사람이 곁에 있다가 이 말을 듣고는 특에게 말했습니다.

"당신 주인은 어떤 사람이기에 종을 이처럼 학대하는고?"

특이 말했습니다.

"우리 주인은 어린 나이에 글을 잘해서 조만간 급제할 거요. 하지만 이렇게 탐욕스러우니 훗날 조정에 서면 무슨 맘을 먹을지 알 만하지."

이 말이 퍼져서 궁궐에까지 들어가게 되니 궁인 하나가 대군에게 아뢰었습니다. 대군이 몹시 노하여 남궁 사람들로 하여금 서궁을 수색하게 했지요. 그 결과 제 의복과 금은보화가 하나도 남아 있지 않은 게 드러났습니다. 대군이 서궁 시녀 다섯 사람을 뜰 안에 붙잡아 와 곤장이며 형벌 기구를 눈앞에 벌여 두고 분부를 내렸습니다.

"이 다섯 사람을 죽여 다른 사람들에게 경각심을 주도록 하라!"

또 곤장 든 자들에게 분부를 내렸습니다.

"곤장 숫자를 세지 말고 죽을 때까지 치도록 하라!"

우리 다섯 사람이 말했습니다.

"한 말씀만 올리고 죽기를 바라나이다."

대군이 말했습니다.

"무슨 말이더냐? 실정을 남김없이 적어 바치라!"

은섬의 진술은 이러했습니다.

"남녀의 정욕은 음양으로부터 부여받아 귀천을 막론하고 사람이라면 누구나 가지고 있습니다. 그런데 한번 깊은 궁궐에 갇히고 난 뒤에는 이 한 몸 외로운 그림자와 짝하여, 꽃을 보고 눈물을 삼키고 달을 마주해서는 슬픔으로 넋이 나갑니다. 저희가 매화나무에 앉은 꾀꼬리를 쌍쌍이 날지 못하게 하고 주렴 위의 제비 집에 암수가 함께 둥지를 틀지 못하게 하는 이유는 다른 것이 아닙니다. 몹시 부러운 마음과 질투하는 정을 이기지 못해서일 따름입니다. 궁궐 담장을 넘기만 하면 인간 세상의 즐거움을 알 수 있건만 그렇게 안 한 것은 그럴 만한 힘이 없어서거나 그러고 싶은 마음이 없어서였겠습니까? 오직 주군의 위엄이 두려워 이 마음을 단단히 다잡고 궁궐 안에서 말라 죽으리라 생각했던 것입니다. 이제 지은 죄도 없으면서 죽을 곳에 놓였으니, 저희들은 죽어서도 지하에서 눈을 감지 못할 것입니다."

비취는 이렇게 진술했습니다.

"주군께서 보살펴 주신 은혜가 산보다도 높고 바다보다도 깊기에 저희들은 감사하고 황송해하며 오직 글과 음악에만 전념해 왔습니다. 이제 씻을 수 없는 더러운 이름을 서궁에 두루 미치게 되었으니 살아도 죽느니만 못합니다. 엎드려 바라건대 속히 죽여 주옵소서."

옥녀는 이렇게 진술했습니다.

"제가 이미 서궁의 영광을 누렸거늘 서궁의 재앙이라 해서 저 혼자 면할 수 있겠습니까? 곤륜산에 불이 나서 옥과 돌이 한꺼번에 모두 탄다[99] 했지만, 오늘의 죽음은 합당하다 여기겠습니다."

자란은 이렇게 진술했습니다.

"오늘 일은 그 죄가 측량할 길 없으니 가슴속에 품은 생각을 어찌 감추겠나이까? 저희들은 모두 여항[100]의 천한 계집들로, 아비는 순舜임금이 아니요 어미는 아황과 여영[101]이 아니니 남녀의 정욕이 어찌 없을 수 있겠습니까? 목왕은 천자로되 늘상 요지의 즐거움을 그리워했고,[102] 항우는 영웅이로되 장막 안에서 눈물을 금하지 못하였습니다.[103] 그렇건만 주군은 어찌하여 운영에게만 유

〰〰〰

99. **곤륜산崑崙山에 불이~모두 탄다** 『서경』「윤정」胤征에 나오는 말로, 선악을 가리지 않고 모든 사람을 죽인다는 뜻.

100. **여항閭巷** 백성의 살림집이 많이 모여 있는 곳. 여기서는 중인층과 서민층을 아울러 일컫는 말로 쓰였다.

101. **아황娥皇과 여영女英** 순舜임금의 비妃.

102. **목왕은 천자로되~즐거움을 그리워했고** '목왕' 穆王은 주周나라의 제5대 왕인 목천자穆天子를 말한다. 여덟 마리의 준마를 타고 천하를 돌아다니다가 '요지'瑤池라는 신선 세계의 연못에서 서왕모와 만나 노닐었다는 고사가 있다.

독 사랑하는 마음을 갖지 못하게 하십니까? 김진사처럼 빼어난 인물을 내당內堂으로 끌어들인 것은 주군께서 하신 일이며, 운영에게 벼루 시중을 들게 한 것 또한 주군께서 내리신 명령입니다. 운영은 오랫동안 깊은 궁궐에 갇혀 지내며, 가을 달 봄꽃에 늘상 마음 상하고 오동 잎 밤비에 자주 애간장이 끊어졌습니다. 그러던 차에 호걸스런 사내를 보고는 상심하고 실성하여 병이 골수에까지 들어오고 말았으니 불로장생의 약이나 편작[104]의 솜씨로도 효험을 보기 어려웠습니다. 운영이 하룻밤 사이에 아침 이슬처럼 홀연히 스러지고 나면 주군이 비록 측은해하는 마음을 가진다 한들 무슨 이로움이 있겠습니까? 제 어리석은 생각입니다만, 김진사로 하여금 운영을 얻게 하여 두 사람의 맺힌 원한을 풀어 주신다면 주군의 적선하심이 그보다 클 수는 없을 것입니다. 전에 운영이 절개를 더럽힌 일이라면 그 죄가 저에게 있지 운영에게 있지 않습니다. 제가 드린 말씀은 위로는 주군을 속이지 않고 아래로는 벗들을 저버리지 않는 것이니, 오늘 일은 죽어도 영예롭게 여길 것입니다. 운영의 죄를 제가 대신 받을 수만 있다면 일백 번 죽어도 좋습니다. 엎드려 바라건대 주군께서는 제 목숨을 끊고 운영의 목숨을 잇게 해 주십시오."

꒰꒱꒰꒱

103. 항우는 영웅이로되~금하지 못하였습니다 항우項羽가 한나라 군대에 포위되어 패배를 예감하고
　　 사랑하던 여인 우虞와의 이별을 슬퍼하며 눈물짓던 일을 가리킨다.
104. 편작扁鵲 전국시대의 유명한 의원.

저는 이렇게 진술했습니다.

"주군의 은혜가 산과 같고 바다와 같건만 정절을 지키지 못한 것이 저의 첫째 죄입니다. 전후에 지은 시로 주군의 의심을 받았으면서도 끝내 바른대로 아뢰지 않은 것이 둘째 죄입니다. 서궁의 죄 없는 사람들이 저 때문에 함께 죄를 받게 된 것이 셋째 죄입니다. 이 세 가지 큰 죄를 지었으니 제가 산들 무슨 면목이 있겠습니까? 혹여 죽음을 늦추신다면 마땅히 자결하겠나이다."

대군이 다 읽고 다시 자란의 진술서를 펼쳐 응시하더니 노기를 다소 누그러뜨렸습니다. 소옥이 꿇어앉아 울며 말했습니다.

"지난번 나들이 때 성안으로 가지 말자던 것이 본래 제 주장이었습니다. 그러나 자란이 밤에 남궁으로 와서 매우 간절히 부탁하기에 가련히 여겨 여럿의 반대 의견을 물리치고 제가 앞장서 그 뜻을 따랐으니, 운영이 절개를 더럽힌 죄는 저에게 있지 운영에게 있지 않습니다. 엎드려 바라건대 주군께서는 제 목숨을 끊고 운영을 살려 주소서."

대군의 노기가 점점 풀어져 저를 별당에 가두고 나머지 사람들은 모두 풀어 주었습니다. 그날 밤 저는 비단 수건으로 목을 매 스스로 목숨을 끊었습니다.

진사가 붓을 잡아 기록하고 운영이 옛일을 회상하여 말한 것이 매우 자세하였다. 두 사람은 마주 보며 슬픔을 억누르지 못하였다. 운영이 진사에게 말했다.

"그 뒤의 이야기는 낭군께서 말씀해 보셔요."

진사는 이렇게 이야기를 이어 나갔다.

운영이 자결하자 궁궐 사람들 모두가 마치 친형제를 잃은 듯이 서럽게 울부짖었습니다. 곡소리가 궁궐 문밖에까지 들려 나 또한 그 소리를 듣고는 오랫동안 기절해 있었지요. 사람들이 장례 준비를 하는 한편 나를 살리려 애를 써서 저물녘에야 소생하게 되었습니다. 정신을 차리자 나는 이렇게 생각했습니다.

'일은 이미 끝났다. 부처님께 공양하라는 약속이나마 지켜 구천에 떠도는 혼령을 위로하리라.'

전에 찾은 금팔찌와 거울, 그리고 여러 문방 도구들을 모두 팔아 쌀 40석을 얻었습니다. 청량사[105]에 가 불공을 드리려 하나 믿을 만한 심부름꾼이 없어 특을 불러다 이렇게 말했지요.

"지난날 네 죄를 모두 용서할 테니 지금부터는 내게 충성을 다할 수 있겠느냐?"

특이 엎드려 울며 대답했습니다.

"쇤네가 비록 어리석고 둔하나 목석은 아닙니다요. 제가 지은 죄는 머리카락을 뽑아도 다 셀 수가 없는데, 이제 용서해 주신다

꽃꽃꽃꽃
105. **청량사**淸凉寺 삼각산에 있던 절.

니 죽은 나무에 잎이 나고 해골에 살이 돋아나는 듯하옵니다. 감히 진사님을 위하여 목숨을 바치지 않을 수 있겠습니까?"

"내가 운영을 위해 제사상을 차리고 불공을 드려 소원을 빌려 하는데 믿을 만한 사람이 없구나. 네가 가 주겠느냐?"

특이 말했습니다.

"삼가 분부를 받들겠습니다."

특은 즉시 절에 올라가 사흘 동안 볼기짝을 두드리며 누워 있다가 스님 하나를 불러 이렇게 말했습니다.

"쌀 40석을 어찌 불공드리는 데 다 쓰겠나? 이제 술과 고기를 많이 마련하고 속세 손님들을 널리 초청하여 대접하는 게 좋겠수."

특은 절에 들른 마을의 여인 한 사람을 겁탈하기까지 했습니다. 특이 승방僧房에 머문 지 10여 일이 지났건만 도무지 제사 지낼 뜻이 없어 스님들은 모두 분하게 여겼습니다. 제사 지낼 날이 되자 여러 스님들이 말했습니다.

"불공을 드리는 일에는 공양하는 분이 가장 중요합니다. 그런데 공양하는 분이 이처럼 불결하니 참으로 좋지 못합니다. 맑은 시냇물에 목욕하여 몸을 깨끗이 하고 예를 올리는 것이 좋겠습니다."

특은 어쩔 수 없이 나가 몸을 잠깐 물에 담그고 들어와서는 부처님 앞에 꿇어앉아 이렇게 기도했습니다.

"진사는 오늘 빨리 죽고 운영은 내일 다시 살아나 내 아내가 되게 해 주소서!"

사흘 밤낮 동안 빈 소원이 다만 이것뿐이었습니다. 특이 돌아와 내게 말했습니다.

"운영 각시가 살아날 방도가 틀림없이 있습니다. 제사 올리던 밤에 운영 각시가 쇤네의 꿈에 나타나서 '지극 정성으로 불공을 드려 주니 감격을 이길 수 없습니다'라고 말하면서 절하고 또 울었습니다. 그 절의 중들도 모두 이런 꿈을 꾸었답니다."

나는 그 말을 믿고 실성하여 통곡했습니다.

때는 마침 홰나무 꽃이 노랗게 피는 시절[106]이었습니다. 나는 과거를 볼 생각은 없었으나 공부를 핑계 삼아 청량사에 올라갔습니다. 며칠을 묵으며 특이란 놈이 한 짓을 자세히 듣게 되었지요. 분을 이기지 못했으나 특을 어찌할 방도가 없었습니다. 목욕재계한 다음 부처님 앞에 나아가 두 번 절하고 세 번 머리를 조아린 뒤 향을 살라 합장하고 이렇게 빌었습니다.

"운영이 죽을 당시 했던 약속이 너무도 서글퍼 차마 저버릴 수 없었나이다. 그래서 특이라는 종놈으로 하여금 정성을 다해 불공을 드리게 하여 명복을 빌려 했었습니다. 그랬건만 지금 이 종놈이 부처님께 빌던 말을 들으니 패악이 극심하여 운영의 마지막

꽃꽃꽃꽃

106. 홰나무 꽃이 ~ 피는 시절 과거 시험이 있는 음력 7월을 가리킨다.

소원마저 모두 물거품이 되고 말았습니다. 이 때문에 제가 감히 다시 비나이다. 부처님, 운영을 다시 살아나게 해 주옵소서. 부처님, 운영을 저의 배필로 맺어 주옵소서. 부처님, 운영과 제가 다음 생에서는 이 같은 원통함을 면하게 해 주옵소서. 부처님, 특이란 종놈의 목숨을 끊고 쇠로 만든 칼을 씌워 지옥에 가두어 주옵소서. 부처님, 특이란 놈을 삶아 개에게 던져 주옵소서. 부처님께서 이렇게 해 주신다면 운영은 12층 금탑을 세우고 저는 큰 절을 세 곳에 세워 부처님 은혜에 보답하겠나이다."

기도를 마치고 일어서서 백 번 절하며 머리를 땅에 조아리고 나왔습니다.

이레 뒤에 특은 우물에 빠져 죽었습니다. 그 뒤로 나는 세상사에 뜻이 없어, 몸을 깨끗이 씻고 새 옷으로 갈아입은 다음 조용한 방에 누웠습니다. 나흘 동안 먹지 않다가 한 번 장탄식을 하고는 마침내 일어나지 못했습니다.

적기를 마치고 붓을 놓았다. 두 사람은 마주 보고 슬피 울었는데, 울음을 그치지 못했다. 유영이 위로의 말을 건넸다.

"두 분이 다시 만나셨으니 소원을 이룬 셈이요, 원수 같은 종놈이 이미 죽었으니 분도 풀렸을 터인데, 어찌 그리도 하염없이 비통해하십니까? 다시 인간 세상에 나지 못한 것을 한스러워하시는 겁니까?"

김진사가 눈물을 거두고 감사의 뜻을 표하며 이렇게 말했다.

"우리 두 사람 모두 원한을 품고 죽었기에 염라대왕은 우리가 죄 없이 죽은 것을 가련히 여겨 인간 세상에 다시 태어나게 하려 했습니다. 그러나 지하의 즐거움도 인간 세계보다 덜하지 않거늘 하물며 천상의 즐거움이야 말해 무엇 하겠습니까? 이 때문에 우리는 인간 세계에 태어나기를 소망하지 않았습니다. 다만 오늘 밤 서글퍼하는 것은 다른 이유에서입니다. 대군이 몰락하여 궁궐에 주인이 없어지자 새들은 슬피 울고 사람들의 발길도 끊어졌으니, 이것만 해도 참으로 슬픈 일이지요. 게다가 새로 전쟁[107]을 겪은 뒤 화려하던 집은 잿더미가 되고 고운 담장은 무너져 내려 오직 섬돌의 꽃과 뜨락의 풀만 우거져 있습니다. 봄빛은 예전 모습 그대로이거늘 사람 일은 이처럼 바뀌었으니, 이곳에 다시 와 지난날을 추억하매 어찌 슬프지 않겠습니까!"

유영이 말했다.

"그렇다면 그대들은 모두 천상에 계신 분들인가요?"

김진사가 말했다.

"우리 두 사람은 본래 천상의 신선으로, 오랫동안 옥황상제를 곁에서 모시고 있었지요. 그러던 어느 날 상제께서 태청궁[108]에

---

107. 전쟁 임진왜란을 말한다.
108. 태청궁太清宮 도교에서 옥황상제가 산다고 하는 궁궐 이름.

납시어 내게 동산의 과실을 따 오라는 명을 내리셨습니다. 나는 반도와 경실과 금련자[109]를 많이 따서 사사로이 운영에게 몇 개를 주었다가 발각되고 말았습니다. 그래서 속세로 유배되어 인간 세상의 고통을 두루 겪는 벌을 받았지요. 이제는 옥황상제께서 죄를 용서하셔서 다시 삼청궁三淸宮에 올라 상제 곁에서 시중을 들고 있습니다. 그러다가 때때로 회오리바람 수레를 타고 내려와 속세에서 예전에 노닐던 곳을 찾아보곤 한답니다."

이윽고 눈물을 뿌리며 유영의 손을 잡고 말했다.

"바닷물이 마르고 바위가 문드러져도 이 사랑의 감정은 사라지지 않을 것이요, 천지가 다해도 이 한은 사그라지지 않을 것입니다. 오늘 밤 그대와 만나 이렇게 회포를 풀었으니 전생의 인연이 없었더라면 어찌 이런 일이 있겠습니까? 엎드려 바라건대 선생은 저희가 쓴 글을 수습하시어 영원히 전해 주시기 바랍니다. 그리하여 경망스런 사람의 입에 헛되이 전해져 우스갯거리가 되지 않도록 해 주시면 참으로 고맙겠습니다."

김진사가 취하여 운영에게 몸을 기대며 절구 한 편을 읊었다.

궁중에 꽃 지고 제비 나는데

---

109. 반도와 경실과 금련자 '반도'蟠桃는 3천 년에 한 번 열매를 맺는다는 신선 세계의 복숭아. '경실'瓊實과 '금련자'金蓮子 역시 신선 세계에 나는 과일의 일종.

봄빛은 예와 같되 주인은 간 데 없네.
한밤의 달빛 이리도 서늘하여
버드나무와 가벼운 안개는 푸른 우의[110] 같네.

운영이 이어서 읊조렸다.

옛 궁궐의 버드나무와 꽃은 새봄을 띠었고
천 년의 호사 자주 꿈에 보이네.
오늘 밤 놀러 와 옛 자취 찾노니
눈물이 수건 적심 금치 못하네.

유영이 취하여 깜빡 잠이 들었다. 잠시 뒤 산새 울음소리에 깨어 보니, 안개가 땅에 가득하고 새벽빛이 어둑어둑하며 사방에는 아무도 보이지 않는데 다만 김진사가 기록한 책 한 권이 남아 있을 뿐이었다. 유영은 서글프고 하릴없어 책을 소매에 넣고 집으로 돌아왔다. 상자 속에 간직해 두고 때때로 열어 보며 망연자실하더니 침식을 모두 폐하기에 이르렀다. 그 후 명산을 두루 유람하였는데, 그 뒤로 어찌 되었는지는 알 수 없다.

꽃꽃꽃꽃
110. 우의羽衣 신선의 옷.

위경천전

명나라 만력[1] 연간에 위생韋生이란 사람이 있었다. 금릉[2] 사람으로 이름은 악岳이고 자字는 경천敬天인데, 옛날 당나라 때의 어진 인물인 위응물[3]의 후손이었다. 타고난 기질이 총명하고 재주가 빼어나 15세에 이미 글을 잘 지을 수 있었다. 시의 운치는 위응물을 본받았으되 그 맑은 격조는 오히려 위응물을 능가하는 점이 있어 당세에 이름을 날렸고 재주를 견줄 만한 사람이 없었다.

임진년(1592)에 위생은 친구 장생張生과 더불어 우연히 장사[4] 북쪽 지역을 지나게 되었다. 때는 바야흐로 춘삼월이어서 경치가 울긋불긋 화려하였다. 장생이 홀연 일어나 관冠을 털더니 이렇게 말했다.

---

1. 만력萬曆 명나라 신종神宗의 연호. 1573~1619년.
2. 금릉金陵 남경南京의 옛 이름.
3. 위응물韋應物 당나라 현종玄宗~덕종德宗 때의 시인.
4. 장사長沙 중국 호남성의 현縣 이름. 지금의 장사시長沙市.

"오늘은 답청⁵을 하는 3월 1일이로군. 우리가 지금 여행 중이라 그 옛날 난정의 모임⁶에는 비할 수 없겠지만, 아름다운 강남땅, 풍경 좋고 인심 좋은 이곳에 와 보니 주점酒店의 푸른 깃발이며 붉게 핀 살구꽃에 집집마다 봄바람이 가득하여 술 먹을 돈으로 하루 즐거움을 살 만하네. 하물며 명산이 흥을 일으키고 하늘이 좋은 날을 주셨는데, 우리가 지금 악주⁷의 좋은 경치를 안 보고 갈 수 있겠나?"

위생이 말했다.

"내 마음을 속속들이 아는 건 자네뿐일세."

말을 마치자마자 장생과 함께 곧바로 길을 떠나 악양성岳陽城 아래에 이르렀다. 날이 이미 저물어 이날은 어부의 집을 빌려 하룻밤을 묵었다.

이튿날 이른 아침, 두 사람은 서둘러 강촌에서 술을 사고 배를 빌려 동정호洞庭湖 남쪽에 배를 띄우고 놀았다. 이날은 날씨가 청명하고 물결도 움직임이 없었다. 푸른 물과 맑은 하늘은 위아래

꽃꽃꽃꽃

5. **답청踏靑** 봄날 교외로 나가 술 마시며 봄을 즐기는 풍류 행사. 대개 청명절淸明節(양력 4월 5일 무렵)에 한다.

6. **난정의 모임** '난정'蘭亭은 중국 절강성 소흥시에 있는 정자 이름이다. 동진東晉의 이름난 선비 41명이 이곳에서 술을 마시며 시를 지어 읊고 그 시들을 묶어 시첩詩帖으로 만들었는데, 왕희지가 그 서문을 썼다.

7. **악주岳州** 호남성 북부, 동정호 동쪽 물가의 고을 이름. 그 서문西門에 있는 누각이 바로 악양루岳陽樓이다.

114

로 같은 빛이었고, 강변의 아름다운 집들이 멀리 가까이 보였으며, 어디선가 아득한 피리 소리가 들려왔다. 주변의 모든 것이 마치 신선 세계의 것인 듯싶었다.

위생이 머리에 쓰고 있던 두건을 시원하게 벗어 던지고 배에 오르더니 두 편의 시를 연거푸 읊었다.

조그만 쪽배 타고 푸른 물결 거슬러
악양성 북쪽에서 고개를 돌리네.
향기로운 바람 부는 복사꽃 십 리 길
주렴을 걷은 집 몇 집이런가.

마름은 향기롭고 강물은 가득한데
작은 배 하나 동정호 물결을 흔들며 가네.
소상강의 한恨[8] 봄바람에 가없는데
새 노랫말 만들어 뱃노래를 불러 보네.

위생에 뒤이어 장생 역시 시 두 편을 읊었다.

8. **소상강의 한恨** 순舜임금이 죽자 그 두 아내인 아황娥皇과 여영女英이 소상강에서 울다 투신해 죽었다는 고사가 있기에 한 말이다. '소상강'瀟湘江은 소수瀟水와 상수湘水를 함께 이르는 말로, 모두 중국 호남성에 있는 강 이름이다.

꽃가지와 버들 그림자 봄 성城에 한들거리고
강가에 노니는 이는 옥피리를 부누나.
밤 깊어 노래와 춤 끝나기를 기다리노라니
달 높은 산골짝에서 원숭이 울음소리 들려오네.

아름다운 누각 저 높이 강 하늘에 닿았는데
뉘라서 주렴 걷고 거문고 타나?
해 저무니 장사長沙의 사람 더욱 아스라한데
배에서 바람을 맞으니 애간장이 끊어지네.

두 사람이 시 읊기를 마치자, 강에는 안개가 반쯤 걷히고 산골
짜기로 해가 기울기 시작했다. 이윽고 일천 봉우리가 어지러이
늘어선 위로 일만 가지 형상의 별이 펼쳐졌다. 두 사람은 호탕한
기운에 마치 금세 신선이 되어 하늘로 날아갈 것만 같았다.
    아아! 초楚나라는 슬픔의 땅이다. 순임금이 창오에서 세상을 뜨
자 두 비妃도 따라 죽어 대나무에 눈물 자국을 남겼으니,[9] 이는 두
비의 원망스런 울음이 아닌가! 『이소』를 읊자 멱라수의 물결이
울었으니, 이는 굴원의 충성스런 혼령이 아닌가![10]

---

9. **순임금이 창오에서~자국을 남겼으니** 순임금이 남방을 순시하다가 창오蒼梧에서 죽자 순임금의 비
    妃인 아황과 여영은 슬피 울다 상수湘水에 몸을 던져 수신水神이 되었는데, 그 뒤로 상수 가에 눈물
    자국이 있는 대나무가 돋아 자랐다는 전설이 있다.

술 몇 잔이 오가자 얼굴이 발그레 달아올랐다. 위생이 한숨을
쉬며 말했다.

"초나라 사람은 정이 많아서「죽지사」¹¹를 잘 부르지. 그 노랠
들은 나그네라면 누구나 다 눈물로 옷깃을 적신다네."

장생이 한참 동안 눈썹을 찌푸리고 있다가 이렇게 말했다.

"나는 본래 비분강개한 마음을 가진 사람일세. 옛글을 볼 때마
다 눈물을 흘렸거늘, 오늘 여기 와 보니 슬픔을 견딜 수가 없군.
좋은 술을 따라 고금의 영혼을 불러 보고 싶네."

마침내 두 편의 시를 지어 읊었다.

「죽지사」 가락 끊어지자 저녁 안개 깔리는데

황릉¹² 옛 무덤에 봄빛이 다했네.

마름은 향기롭고 상수湘水는 푸른데

초나라 산에는 자고새만 우짖는구나.

꾼꾼꾼꾼

10.『이소』를 읊자~혼령이 아닌가 '굴원'屈原은 초나라의 삼려대부三閭大夫 벼슬을 지낸 인물로, 초
    나라 회왕懷王이 간신의 참소하는 말을 듣고 자신을 멀리하자『이소』離騷를 지어 우국憂國의 뜻
    을 노래했다. 훗날 양왕襄王이 즉위하여 다시 간신의 말을 믿고 자신을 추방하자 멱라수汨羅水에
    몸을 던져 자살했다.
11.「죽지사」竹枝詞 남녀의 애정이나 지방 풍속을 주로 읊은, 동정호 일대의 민요.
12. 황릉黃陵 동정호에 인접한 산 이름. 이곳에서 상수湘水가 동정호로 흘러 들어간다. 전설에 의하
    면 아황·여영 두 비妃의 묘가 여기에 있다고 한다.

초나라 나그네 배 띄워 저녁 원숭이 우는 소리 들으며

십 년 봄풀 보면서 굴원을 추억하네.

다정도 하구나 소상강에 뜬 조각달이여

물고기 배 속의 충혼忠魂을 비추어 주니.

위생이 시를 듣자마자 말했다.

"자네 시가 너무도 처량하고 괴로워 마음이 한층 슬퍼지는군. 오늘처럼 꾀꼬리 울고 꽃 좋은 아름다운 날에 취토록 마시며 즐기면 그뿐인 것을, 옛사람을 조문하며 마음 상하여 공연히 하루의 기쁨을 놓쳐서야 되겠는가."

마침내 좋은 술을 한 잔 따라 장생에게 건네고는 거문고를 타며 이렇게 노래했다.

파릉[13]의 동쪽이요 악양의 북쪽

초나라 산은 높고 상수는 깊어라.

「죽지사」엔 슬픔과 원망이 많고

조각배는 강 물결에 일렁이도다.

봄바람 일고 마름은 푸르니

❧❧❧❧

13. 파릉巴陵 동정호 근처의 지명.

옛사람 추억하여 잊을 수 없구나.
옥 술잔 부딪고 「금루곡」14을 부르며
취한 눈 들어 보니 천지가 맑도다.

장생은 노에 기대 이런 노래를 불렀다.

오吳나라 노래 서글프고 버드나무에 달 떴는데
멀리 바라보며 춘정春情을 서러워하네.
강가에선 두약15 꺾어 들고
향기 가득한 배에선 마름을 따네.
상강湘江에 해는 지려 하는데
미인을 생각하매 눈물이 비처럼 쏟아지네.
누각에 기대어 하늘 끝 바라보니
일어나는 봄 시름을 어이할거나.

노래가 끝나고 술도 다했다. 기쁨이 극에 달한 두 사람은 진탕
취하여 배 안에 멋대로 누워 잠들었다.
얼마나 지났을까. 위생이 문득 먼저 잠에서 깨어 머리를 긁적이

꿩꿩꿩꿩
14. 「금루곡」金縷曲 노래 이름.
15. 두약杜若 양하과蘘荷科에 속하는 다년생 풀 이름. 여름에 황적색 꽃이 핀다.

며 일어나 앉아 보니, 상수 위의 하늘은 이미 어두웠고 물가의 새들은 모두 날아가 버렸으며 언덕 위 무지개 모양의 구름다리에서 노닐던 사람들도 차츰 보이지 않았다. 위생이 장생을 부축해 일으키려 했으나 술 향기가 뼛속까지 스며들어 곯아떨어진 참이라 아무리 흔들어도 움직이지 않고 몇 번을 불러도 대답이 없었다.

위생은 비단으로 수놓은 가죽 옷을 다시 입고 배에서 내렸다. 호수를 돌아보니 아름다운 배들만 쭉 떠 있고 사방은 인적 없이 적막한데, 오직 앞쪽 가까이에서 노래하고 피리 부는 소리가 들려왔다.

소리가 들리는 쪽으로 길을 찾아 가 보니, 아로새긴 기와를 올린 화려한 집이 구름 위로 솟아 있고, 그 집의 파르스름한 등불이 푸른 버드나무 사이로 흔들리며 비쳤다. 위생은 문 곁에 숨죽이고 서서 뜰 안을 살폈다. 파란 유리로 쌓은 아홉 계단의 언덕이 있었는데, 온갖 초목이 향기를 내뿜고 벌이 윙윙 날며 새가 지저귀고 있었다. 그 아래로는 작은 연못이 하나 있었다. 초록빛 물이 거울처럼 맑았는데, 청둥오리 한 떼가 노닐고 있었다. 연못 가운데에는 침향[16]으로 만든 목가산[17]이 있었다. 봉우리와 초목을 모두 비단에 수를 놓거나 그림을 그려 장식했는데, 그 만든 솜씨가 극히

※※※※
16. **침향沈香** 인도와 동남아시아에서 나는 상록교목으로, 향기가 좋아 장식재나 향으로 쓴다.
17. **목가산木假山** 산처럼 만들어 놓은 인공 조형물을 일컫는 말.

공교하였다.

그곳을 지나 문에 이르니 굽이진 난간이 하늘 위에 떠 있고 100척 높이의 사다리가 드리워 있었으며, 주렴 하나가 꽃 그림자 속에 반쯤 걷혀 있었다. 때는 이미 늦은 시각이라 손님들이 막 흩어지기 시작했지만, 풍악은 아직 계속되고 있었다. 진주와 비취로 온몸을 휘감은 십수 명의 아름다운 소녀들이 반쯤 취기가 올라 난초와 사향 향기를 풍기며 어여쁜 얼굴로 온갖 놀이를 두루 펼쳐 보이는데, 춤추는 몸놀림은 놀란 기러기처럼 아름답고 몸이 가볍기는 제비와도 같았으며, 웃고 말하는 소리가 떠들썩하니 끊이지 않았다.

이윽고 초록색 두건을 쓴 무사武士 한 사람이 문을 밀치고 나와 중문中門을 잠그고 은으로 만든 열쇠를 갖고 들어오더니 소녀들을 급히 불러 모두 안쪽의 행랑에서 자라고 말했다. 그러자 소녀들은 일제히 "예!" 대답을 하고 줄줄이 안으로 들어갔다.

이제 구름 같은 창, 안개 같은 문이 천 리나 떨어진 듯하여 더이상 집 안을 엿볼 길이 없었다. 담장 안에 숨어 있는 위생의 신세는 새장에 갇힌 새와 다를 바 없었다. 위생은 머뭇머뭇 방황하며 근심과 두려움이 깊어만 갔다. 그러나 일은 이미 틀어져서 어찌할 도리가 없었다.

위생은 누각의 사다리를 걸어 올라가 주변을 두루 살펴보고, 주렴 기둥 곁에서 잠시 새우잠을 자다가 문이 열리기를 기다려 몸을 빼내 탈출할 궁리를 했다. 하지만 불안하고 초조한 마음에 누워도 잠이 오지 않았다. 대충 옷을 걸친 채 뜰을 배회하고 있노라니 멀리 뒤뜰 쪽에서 사람의 말소리가 또랑또랑 들려왔다. 목을 빼 바라보니 백일홍 아래 붉은 연등이 하나 걸려 있고, 그 아래에 미인 한 사람이 있었다. 나이는 열일곱이나 열여덟쯤으로 보였는데, 가녀리면서 아름다운 모습이 선녀 같아 이 세상 사람이 아닌 듯싶었다. 여인은 꽃가지를 하나 꺾어 든 채 누각에 머리를 기대고 시 한 수를 읊었다.

외로운 신세 달을 어여삐 여기나
몸은 꽃처럼 가볍지 않구나.
바람 따라 흐르는 일만 점 향기
날아가서 뉘 집에 떨어지려나?

시를 다 읊기도 전에 여종 하나가 주렴을 걷고 내려오더니 찻주전자가 이미 데워졌다고 알렸다. 미인이 홀연 연등을 손에 들고 들어가자 사방이 고요하여 아무런 소리도 들리지 않았다.

위생은 죽음을 무릅쓰고 욕정을 채우고자 하는 마음에 사로잡혔으나, 문득 남의 집 처녀를 엿보다가 순간의 잘못으로 위험에 빠져 끝내 신세를 망치게 되리라는 생각이 들었다. 미인에게 다가가고 싶지만 남들이 알아차릴까 두려워 한 발 내딛다가는 다시 돌아서고, 한 발을 들었다가는 차마 내려놓지 못했다. 이렇게 하기를 몇 차례나 거듭하다가, 미친 마음이 크게 일어나 수레를 끄는 여섯 마리 말이 동시에 치달리듯 하니 끝내 제어하지 못하고 마침내 발길 가는 대로 걸어 방 앞에 이르렀다.

창틈으로 몰래 엿보니 그 방은 곧 여인의 침실이었다. 오색실로 술을 단 비단 장막이 걸혀 있고 비취 병풍이 주위를 둘렀으며, 침상 위에는 비단으로 만든 여러 마리의 오리가 저마다 침향을 한 줄기씩 물고 실오라기 같은 향 연기를 하늘하늘 내뿜고 있었다. 여인은 그 가운데 누워 있는데, 비단 이불을 반쯤 밀쳐 내 옥같이 고운 팔이 살짝 드러났다. 구름처럼 풍성한 검푸른 머리카락이 베개 위에 있고, 향기로운 땀방울이 뺨에 송글송글 맺혀 있었다. 봄잠이 깊이도 들어 붉은빛 얇은 비단옷이 조금도 움직이지 않았다.

위생이 옷자락을 걷고 방 안으로 들어서자 여인이 문득 깜짝 놀라 말했다.

"뉘 댁 방탕한 자제이기에 이처럼 광포하게 구시나요?"

여인이 거칠게 저항하자 위생은 다급하여 어쩔 줄을 몰랐다. 몸을 돌려 빠져나갈까 생각해 보았지만, 이미 독 안에 든 쥐 신세인지라 달아날 길이 없었다. 가문에 치욕을 안기기에 이른다면 어차피 죽기는 마찬가지라 생각하고 어떻게든 여인의 뜻을 꺾어 보리라 마음먹었다.

여인은 위생의 온화하고 고상한 말씨에 불량배는 아니라 여기며 의아해하는 기색인 듯했다. 위생이 목소리를 낮추어 조그만 소리로 자신이 여기까지 오게 된 경위를 낱낱이 설명하자 여인은 마음을 다소 누그러뜨렸고, 위생을 거부하는 모습 역시 처음과는 같지 않았다. 위생이 가까이 다가가 몸을 접촉해도 부끄러움에 눈썹을 살며시 올리며 눈빛이 아슴푸레해질 뿐이었다. 여인은 몸이 버들잎처럼 가벼워 제대로 가누지 못하는 듯했다. 위생은 봄날의 구름처럼 마음이 일렁여 질탕한 행동을 멈추지 않더니, 결국 온갖 정을 나누고 모든 즐거움을 다 누린 뒤에야 그쳤다.

위생이 옷매무새를 바로 하고 눕자 원앙을 수놓은 베개 위로 꽃 그림자가 아른거렸다. 여인은 기지개를 펴더니 위생의 등을 어루만지며 길게 한숨을 쉬고는 이렇게 말했다.

"인간 세상의 즐거움이 깊은 규방에까지 이르지 못하더니, 세상에 태어나 오늘에야 비로소 그 즐거움을 알게 되었군요."

위생이 이름과 가족에 대해 묻자 여인은 얼굴빛을 바로 하고 천천히 말하기 시작했다.

"제 성은 소蘇이고 이름은 숙방淑芳입니다. 옛날 송나라의 학사 소동파蘇東坡의 후예지요. 제 아버지는 이른 나이에 높은 관직에 올라 조정 대신의 직책을 역임하며 성공적인 관료 생활로 큰 명성을 얻으셨는데, 지금은 은퇴하여 쉬고 계십니다. 아직 가문이 쇠하지는 않아 집안에 고관대작을 지내는 이가 여남은 사람 있답

니다

아버지께서는 늦은 나이에 겨우 딸 하나를 얻으신 까닭에 자식 사랑이 남달리 각별하셔서 하루도 저를 곁에 두지 않은 적이 없으셨어요. 그리하여 북쪽 동산 안에 따로 작은 누각을 짓고 저를 그곳에서 노닐게 하셨지요.

저는 깊은 규방에서 나고 자라 남녀의 애정사에 대해서는 아는 것이 없지만, 여자가 나이 들어 용모가 시드는 것을 비웃는 노래만은 잘 알고 있답니다. 세월은 쏜살같이 흘러가 젊고 예쁜 얼굴이 그대로 있는 걸 허락하지 않거늘, 봄바람 부는 날 버드나무를 바라보며 또 가을비 내리는 한밤에 오동나무를 바라보며, 깊은 방 안에 외로이 누워 잠을 청하면서 꽃다운 나이 지나감을 한스럽게 여겼었지요. 그렇건만 오늘 밤 이처럼 훌륭한 낭군을 만나 제 소원을 이루게 되었으니, 백발이 되도록 고락을 함께할 것을 맹세해요. 다만 저를 버리고 돌아보지 않을까 그게 걱정될 뿐이어요."

위생이 대답했다.

"나는 전당[18] 사람입니다. 대대로 남경南京에 살며 글을 약간 읽을 줄 아는데, 요사이 술병을 들고 동료들과 함께 산수를 두루 유람하는 중이었습니다. 어제 우연히 친구 한 사람과 동정호에 배를 띄우고 놀다가 양대 가까이까지 오게 되어 선녀를 만나고 무

꽃꽃꽃꽃
18. **전당錢塘** 절강성 항주杭州.

산巫山에서 하룻밤 잠자리를 갖기에 이르렀으니,[19] 우리에게 전생의 인연이 있었던 것이 아닐까요? 더구나 못난 내게 몸을 허락하고 평생 함께하겠다고 하시니, 그 정성이 목석도 감동시킬 것이요 그 마음은 천지신명께도 통할 것입니다.

다만 규방의 장막 안에서 벌어진 오늘 일은 밤중이라 아무도 모르지만, 훗날 발각되어 부모님께 질책을 받게 된다면 천 년의 요지瑤池가 영영 목왕穆王의 꿈에서 멀어져 갈 것이요,[20] 칠석날 은하수에서 견우와 직녀가 만나는 일을 두고두고 슬퍼하게 될 것입니다."

그러자 여인이 홀연 낯빛을 고치고 이렇게 말했다.

"저는 본래 사족士族으로, 여자가 자유분방하게 사랑을 구하는 모습을 좋아하지 않고 오직 부부간의 화목한 즐거움만을 그려 왔어요. 하늘이 제 붉은 마음을 비추시어 낭군을 내려 주셨으니, 우리의 행적은 비록 은밀하지만 마음만은 하나입니다. 혹여 우리의 비밀스런 만남이 알려져 끝내 정을 끊고 헤어져야 한다면, 맹세코 죽어도 다른 데 시집가지 않고 다음 세상에서 다시 만나도록

19. 양대 가까이까지~갖기에 이르렀으니 '양대'陽臺는 중국 중경시重慶市 무산현巫山縣 고도산高都山에 있던 누대 이름. 초나라 회왕懷王이 양대에서 낮잠을 자다가 꿈속에서 무산의 여신과 사랑을 나누었다는 고사가 있다.
20. 천 년의~갈 것이요 '목왕' 곧 주周나라의 제5대 왕인 목천자穆天子가 여덟 마리의 준마를 타고 천하를 돌아다니다가 '요지'라는 신선 세계의 연못에서 서왕모와 만나 노닐었다는 고사를 두고 하는 말이다.

하겠습니다. 우연히 좋은 배필을 얻어 백년해로를 맹세했으니, 비록 남교의 기이한 만남[21]이라도 우리 만남보다 더하지는 않을 거예요."

위생이 대뜸 말했다.

"이 좋은 밤이 너무도 짧아 새벽닭이 울기를 재촉하는구려. 꽃다운 정이 아직 미흡하여 이별하는 마음 슬프기 그지없으니 어쩌면 좋겠소?"

여인이 베개를 밀치고 일어나더니 손으로 금병풍을 당겨 비단 창을 가리며 이렇게 말했다.

"동방이 밝아 오는 것이 아니라 달에서 나오는 빛이로군요."

그러고는 선반 위에 놓여 있던 벽옥 통소를 잡고 소사와 농옥[22]이 불던 곡조를 불었다. 노래의 메아리가 저 하늘 구름 위로 울려 퍼졌다.

위생이 옷을 떨치며 일어나 문을 열고 보니, 멀리 마을에서 다듬이질 소리가 들려오고 외로운 성 위로 각성[23]이 희미했다. 여인

---

21. **남교의 기이한 만남**　'남교'藍橋는 중국 섬서성 남전현藍田縣 동남쪽의 남계藍溪에 놓인 다리 이름이다. 당나라 때 배항裴航이라는 선비가 운교雲翹라는 부인에게서 남교에 가면 좋은 배필을 만날 것이라는 말을 듣고, 그 말대로 남교에 가서 결국 운영雲英이라는 미인을 만날 수 있었다는 고사를 말한다.

22. **소사와 농옥**　'소사'蕭史는 춘추시대 때 통소를 잘 불던 사람이고, '농옥'弄玉은 진泰 목공穆公의 딸이다. 두 사람이 혼인하여 소사는 농옥에게 통소를 가르쳐 주었는데, 두 사람이 통소를 불면 봉황이 날아오곤 했고, 어느 날 두 사람은 그 봉황을 타고 하늘로 올라갔다는 고사가 있다.

23. **각성角星**　28수의 하나로, 동방에 있는 별자리.

은 위생이 일어나는 것을 보고 그 손을 잡고는 얼굴을 가린 채 목소리를 낮추어 말했다.

"삼생²⁴의 좋은 인연이 하룻밤에 이루어졌으니, 낭군께서는 의심치 말고 밤에 찾아오도록 하셔요."

위생이 한숨을 쉬며 계단을 내려왔다. 두어 걸음 걷다가 돌아보니 여인은 화장기 없는 얼굴로 문에 기대섰는데, 말없이 넋을 잃은 모습이었다. 위생은 슬픈 마음을 주체할 수 없어 달려 나갔다. 중문은 이미 열려 있었으나 바깥문은 아직 잠겨 있었다. 위생은 섬돌 곁 대숲이 우거진 곳에 몸을 숨겼다.

얼마나 지났을까. 수염이 무성하고 붉은 옷을 입은 사람이 안에서 나오더니 붉은 칠을 한 문을 열었다. 그 사람은 뜰을 청소하고 꽃을 수놓은 자리를 깔고는 다시 동쪽 행랑으로 돌아갔다. 위생은 좌우를 두리번거리고는 목숨을 걸고 달렸다. 머리에 쓴 관이 땅에 떨어지고 신발이 벗겨지는 것도 몰랐고, 두려움에 땀이 물처럼 솟아났다.

드디어 강가에 이르렀다. 장생은 배의 창문을 가린 채 아직 꿈나라에 빠져 있었고, 종들도 술에 취해 일어나지 못하고 있었다. 위생은 장생의 곁에 누워 눈을 감고 잠을 청해 보았다. 그러나 혼이 달아난 듯 끝내 잠을 이룰 수 없었다. 위생은 장생을 발로 차

꽃꽃꽃

24. **삼생**三生 불교에서 전생前生·현생現生·내생來生을 함께 이르는 말.

일으켰다. 장생이 희들짝 놀라 깨어나더니 위생을 돌아보고 이렇게 말했다.

"동정호에서의 놀이가 즐거웠나?"

위생이 대답했다.

"어젯밤 술통에 빠져 밤새도록 정신을 못 차리겠더니 해가 중천에 떠오른 것도 몰랐어. 술 마시는 참맛은 이런 데 있지."

장생이 미소 지으며 말했다.

"안개 자욱한 물결에 작은 배를 띄우고 고향으로 돌아갈 생각이 아득하니, 한 잔 더 마셔 남은 즐거움을 다시 이어 볼까?"

위생이 좋다며 즉시 초록 옷 입은 동자를 시켜 술 한 잔을 따라 장생에게 주게 하였다. 그러고는 어젯밤 일을 모두 말했지만, 장생은 그 말을 의심하여 믿지 않았다.

시간은 다시 흘러 달이 기울었다. 짐을 꾸려 배를 돌리려 하자 위생은 시선을 동쪽 어느 곳에 꽂은 채 낙담한 모습으로 말이 없었다. 장생이 자못 이상하게 여겨 그 이유를 묻기 시작했다. 장생은 어젯밤 위생이 겪은 일을 자세히 듣고는 마침내 옷매무새를 바로 하고 자세를 고쳐 앉은 뒤 위생을 꾸짖었다.

"자네의 기이한 재주는 강동[25] 땅에서 제일이야. 과거에 급제하여 옥당[26]에서 주옥같은 글을 짓고, 입신양명해서 세상을 구하

---

25. 강동江東 양자강 하류의 동쪽 지역.

고 백성을 편안케 하는 것이 바로 평생의 뜻이었지 않나. 재상 댁의 문을 몰래 엿보고 망령되이 사통하는 죄를 범하고 말았으면서도 정신을 잃어 깨닫지 못하고 제멋대로 행동해 끝내 신세를 망치겠다는 겐가? 음란한 남녀가 밀회한다는 추악한 소문은 끝까지 덮기 어려우니, 만일 일이 그 지경에 이른다면 자네 부모님께 치욕을 안겨 드릴 뿐 아니라 가문 전체에까지 재앙이 미칠 걸세. 그러니 조심하지 않을 수 있겠는가? 마음먹기를 조금만 잘못해도 만사가 돌연 파탄 나는 법이니, 그때 가선 후회해도 소용없는 일이지. 잘 처신하기 바라네!"

위생은 묵묵부답인 채 간절히 남쪽 하늘을 바라보았다. 구름에 싸인 산, 안개 자욱한 강이 아스라한 가운데 멀리 소씨 낭자 집의 하얀 벽이 붉은 살구나무 동산 사이로 아른거렸다. 이별의 슬픔을 견딜 수 없어 눈자위에는 눈물이 가득 고였다.

장생은 위생이 여인에게 매우 깊이 빠져 있어 좋은 말로 마음을 돌리게 하는 것이 불가능하다는 사실을 알아차리고는 억지로 위생에게 권하여 또 한 번 흐드러지게 술을 마셨다. 위생이 먼저 술에 취해 배 안에 쓰러지자, 장생은 노 젓는 아이를 불러 돛을 올리고 동쪽으로 내려가게 하였다. 배는 훌쩍 별똥별처럼 빨리 내달았다. 전당錢塘으로 돌아와 배를 대니, 물가의 하늘이 막 밝아

꩜꩜꩜
26. 옥당玉堂 한림원.

130

오고 있었다.

　오吳나라 산의 학 울음소리, 소제[27]에서 들리는 꾀꼬리 지저귀는 소리에 위생이 놀라 일어나 보니, 이미 악양성 아래가 아니었다. 위생은 몹시 상심하더니 결국 병이 들고 말았다. 보름 동안을 앓고도 병은 날이 갈수록 악화되기만 했다. 위생은 죽이나 물도 입에 대지 않은 채 한을 품고 죽게 된 것을 분하게 여기더니, 마침내 시 한 편을 지어 벽옥 책상 위에 써 두었다.

> 꽃가지 그림자 난간에 움직이는데
> 석양 녘 꾀꼬리는 봄 시름 끌어내네.
> 침상에 누워 여전히 그대 그리는 마음
> 머리맡에 아련히 그대 음성 떠오르네.
> 황하 물이 끊기지 않는 한 우리 맹세 그대로건만
> 길이 멀어 기쁜 소식 오지 않누나.
> 죽어도 원한이 남을 터인데
> 이 생애 어느 곳에서 다시 만날꼬?

　어느 밤, 위생의 부모가 위생이 누워 있는 침상 앞에 와서 위생을 부둥켜안고 눈물을 흘리며 말했다.

❧❧❧❧

27. **소제蘇堤** 항주杭州의 유명한 호수인 서호西湖에 있는 둑. 소동파가 항주지사였을 때 쌓았다.

"옛날 성인聖人께서 '부모는 오직 자식의 병을 근심할 뿐'[28]이라고 하셨거늘, 네 병을 보니 이제 스무 날 서른 날이 지났을 뿐인데 날이 갈수록 증세가 심해져 목숨을 건지기 어려운 지경에까지 이를 듯하구나. 이러니 우리도 근심에 시달리다 너를 따라 죽을 것 같다. 네가 무슨 마음을 먹었기에 숨기고 말하지 않는 게냐? 가슴속에 있는 생각을 남김없이 말해서 후회가 없도록 하거라."

위생이 이 말을 듣고는 놀라 눈물을 흘리더니 잠시 마음을 가다듬고 작은 목소리로 말했다.

"부모님께서는 저를 낳으시어 정성을 다해 길러 주셨습니다. 하늘 같은 그 은혜에 보답하고자 하나, 소자가 불초하여 증삼[29]과 같은 효성은 본받지 못하고 결국 자하[30]의 아픔만 끼쳐 드리고 말았으니 불효막심한 죄가 이승과 저승에 쌓일 것입니다. 바라옵건대 제 속마음을 모두 말씀드려 유감이 없도록 했으면 합니다.

지난날 친구와 함께 좋은 절기를 맞아 배에 술을 싣고 남쪽 지방을 유람한 일이 있습니다. 이때 그만 소상국蘇相國 댁에 잘못 들어가 경박한 행동으로 담장을 엿보는 죄를 범했으니 만 번 죽어 마땅할 것입니다. 붉은 누각에서 한번 이별하고 나서는 만 리 강

28. **부모는 오직~근심할 뿐** 『논어』論語 「위정」爲政에 나오는 공자孔子의 말이다. 이 말의 본래 의미는 '부모로 하여금 오직 자식에게 병이 있을까 하는 점만 근심하게 하는 것이 바로 효孝'라는 것이다.
29. **증삼**曾參 효자로 이름 높은, 공자의 제자 증자曾子.
30. **자하**子夏 문학文學에 뛰어났던 공자의 제자. 아들이 일찍 죽자 너무 슬퍼한 나머지 실명했다고 한다.

물에 산길도 험하여 소식을 통할 방도가 없었습니다. 오직 그 한 가지 생각이 가슴에 맺혀 결국 미친 병이 생겼으니, 죽은 뒤에야 편안해질 것이요 다른 방법은 없는 듯합니다."

부모가 손으로 눈물을 훔치고는 눈을 크게 뜨고 말했다.

"우리가 그런 사정을 일찍 알았다면 너를 이 지경으로 만들었 겠느냐?"

급히 늙은 하인을 불러 소상국 댁에 보내며, 혼인을 청하여 혼 례 날짜를 정하고 오도록 분부하였다. 하인이 미처 문을 나서다 말고 허둥지둥 뛰어 들어오더니 기쁜 목소리로 외쳤다.

"상국 댁에서 보낸 심부름꾼이 먼저 도착했습니다요!"

위생의 부친이 급히 사랑채로 나가 심부름꾼을 불러들였다. 붉 은 관冠을 쓰고 쇠로 만든 띠를 찬 8척 장신의 남자가 뜰에서 두 번 절하고는 무릎을 꿇고 상국의 편지를 바쳤다. 산호로 만든 함 속에 얇은 비단 몇 폭과 함께 좋은 종이에 쓴 편지 한 통이 들어 있었다. 편지의 내용은 다음과 같았다.

저는 대대로 높은 벼슬을 지낸 가문의 사람으로, 조정에서 벼슬하여 재상의 지위에 오르고 부귀도 누렸습니다. 지금은 여생을 편안히 보내기 위해 벼슬에서 물러나 집에서 쉬면서 멀리 고적을 답사하기도 하며 지내고 있습니다. 물고기와 새 를 벗으로 삼고 꽃과 대나무를 즐기며 맑은 흥취를 돕기도 하고, 손님을 맞아 술자리를 열고는 하루를 보내기도 합니다. 지난날 아드님께서 아름다운 경치를 따라 우연히 저희 집에 들른 일이 있었습니다. 제 딸아이가 정이 많아 문득 그 미천한 몸으로 꽃이 이슬에 젖듯 달이 구름을 헤치듯, 홀로 지내며 생긴 원한을 떨치지 못하였으니, 모든 것이 이 늙은 애비의 죄입니다. 일이 이미 이렇게 되고 말았으니 후회한들 어쩌겠습니까? 초나라의 진귀한 옥[31]이 이미 깨지고 진나라의 난새는 모여들지 않으니,[32] 이별의 한이 결국 병이 되어 남은 목숨이 실낱과 같습니다. 난새가 죽으면 봉황새도 스러지나니, 만일 부부의 정을 가로막는다면 천지가 다하도록 부모의 마음이 어떻겠습니까?

속히 좋은 날을 잡아 혼례를 올리게 해 주시기 바랍니다. 모쪼록 귀댁에서 저희 집의 한미함을 탓하지 말아 주시기를 빕니다.

편지를 다 읽자, 심부름꾼이 두 번 절한 다음 저간의 사정을 아뢰었다.

"저희 집 아씨가 귀댁의 아드님과 헤어진 뒤로 늘 꽃밭 가운데

㉛㉛㉛㉛

31. **초나라의 진귀한 옥** 초나라 형산荊山에서 얻었다는 화씨벽和氏璧을 말한다.
32. **진나라의 난새는 모여들지 않으니** 진秦나라의 소사와 농옥이 퉁소를 불면 봉황새가 날아들었다는 고사를 염두에 두고 한 말이다. '난새'는 봉황새의 일종이다.

서 기다리다가 며칠 전 어린 종 하나를 강촌으로 보내 아드님의
소식을 수소문하게 했습니다. 그랬더니 마을 사람이 이렇게 답했
다고 합니다.

'접때 젊은이 두 사람이 건강부[33]에서 와 호숫가에 배를 대고
한바탕 즐기다가 돌아갔는데, 그 뒤로는 못 봤구려.'

돌아와 들은 대로 알리자 아씨는 마침내 자리에 누워 일어나지
못했습니다. 주인 어르신께서는 아씨의 마음을 헤아리지 못하고
계셨는데, 어느 날 아씨가 잠든 틈을 타 아씨의 비단 상자를 들춰
보다가 '그리움'을 노래한 시 몇 수를 발견하시게 되었습니다. 이
일을 가지고 아씨에게 캐묻자 아씨도 더는 숨기지 못하고 모든
사정을 남김없이 털어놓았습니다. 주인 어르신께서 이 말을 듣고
는 즉시 말을 달려 혼인을 청하고 오라는 명을 내리셨기에 감히
귀댁에 오게 된 것입니다."

심부름꾼은 손수 파란색 주머니를 열더니 시를 적은 종이를 꺼
내 책상에 올려놓으며 말했다.

"아씨가 지은 시입니다."

위생의 부친이 종이를 펼쳐 보았다.

버드나무 한들한들 연못엔 물 가득

꧁꧂꧃꧄
33. 건강부建康府 남경南京이 있는 강소성 일대.

꽃떨기 우거진 속에 꾀꼬리 지저귀네.
슬퍼서 「상사곡」相思曲 연주하노라니
가락이 비감해 줄이 끊어지누나.

배꽃에 바람 불고 누각은 찬데
향로엔 향 꺼지고 밤은 깊었네.
등불에 비친 눈물 자국 남이 모르게
붉은 연지 찍어 가리고 난간에 기대네.

주렴에 제비 울고 꽃은 어지러이 나는데
봄바람 불어오니 비단 장막에서 꿈을 꾸누나.
강남의 방초芳草는 한이 서렸는데
천 리 밖 내 임은 돌아올 줄 모르네.

향로에 향 꺼지고 물시계 물이 다한 이 밤
새장의 앵무새는 임 만나길 꿈꾸네.
옥퉁소 소리 끊기니 사람은 뵈지 않고
벽도화碧桃花 그림자만 난간 앞에 맴도네.

작은 집 연못에 연꽃 향기 가득하고
봄 물결 따스하니 원앙새가 춤을 추네.

푸른 창 모두 잠가 캄캄한 방 안인데

어디서 우는 두견새는 애간장을 끊는지.

위생의 부친이 손바닥을 어루만지며 한숨을 쉬더니 이렇게 말했다.

"기이한 재주가 소약란[34]보다도 뛰어나구나!"

위생은 그 시를 보고 그리움이 더했지만, 혼인할 날이 멀지 않았기에 마음을 누그러뜨리게 되었다. 위생의 병이 차츰 나아가자 온 집안에 기쁨이 가득했다.

심부름꾼은 이날 위생의 집에서 묵고 이른 새벽에 길을 나서며 두 번 절하고 작별 인사를 했다. 위생의 부친은 심부름꾼을 잘 대접하고 좋은 음식을 먹였다. 술이 얼큰해지자 상국 앞으로 보내는 편지를 썼는데, 그 내용은 다음과 같다.

저는 무인武人으로, 어려서부터 공부에는 힘쓰지 못하고 오직 활쏘기나 일삼아 겨우 경전의 글귀 몇 줄을 알 따름입니다. 저희 집안은 대대로 한미하여 근근이 생활하는 형편이어서 이웃에서는 흘겨보고 하인들은 달아났습니다.

---

34. 소약란蘇若蘭 남북조시대 전진前秦 사람인 소혜蘇蕙를 말한다. '약란'은 그의 자字이다. 자신을 버리고 첩만 사랑하는 남편 두도竇滔의 마음을 돌리기 위해 오색 비단에 800여 자로 된 회문시回文詩를 지어 보내 결국 남편의 사랑을 되찾았다는 고사가 전한다.

자식으로 하여금 일찍 과거 시험을 보게 하려고 옛사람들의 책을 읽히고 선현들의 어진 뜻을 흠모하게 했더니, 문자를 조금 깨치자 이치를 약간 깨달았는지 집에서는 효성스럽고 친구 간에는 신의가 있어 감히 제멋대로 행동하는 일이 한 번도 없었거늘, 이런 광포한 행동을 하게 될 줄 어찌 알았겠습니까! 그렇건만 남녀가 서로 끌리는 것은 예나 지금이나 늘 있어 왔던 일이요, 이미 일이 벌어진 뒤이니 꾸짖은들 무슨 소용이 있겠습니까.

감히 은혜로운 명을 받들어 따님을 며느리로 삼았으면 합니다. 다만 존귀한 가문과 비천한 저희 집이 서로 걸맞지 않아 엎드려 부끄러워하며 종이를 앞에 두고 드릴 말씀이 없을 따름입니다.

심부름꾼이 돌아가 상국에게 고하자 상국의 집에서도 매우 다행스럽게 여겼다. 여인은 소식을 듣자 약을 쓰지 않고도 홀연 병이 나았다. 이로부터 양쪽 집안이 끊임없이 소식을 주고받았다.

드디어 약속한 날이 되어 혼례식이 거행되었다. 두 사람이 서로를 얻은 기쁨은 장석과 두난향의 만남[35]이나 배항과 운영의 만

꾷꾷꾷
35. **장석과 두난향의 만남** 후한後漢 때 선녀 두난향杜蘭香이 동정호 부근에 살던 장석張碩의 집에 내려와 부부의 인연을 맺고 도술을 전해 준 뒤 승천했다는 고사를 말한다.

남[36]과도 견줄 수 없을 만큼 컸다. 부부가 된 두 사람이 늘 사랑하는 마음으로 서로를 공경했으므로, 가깝고 먼 친척들 모두가 예의를 다해 이들을 대했다.

그해 8월, 왜군이 조선을 쳐들어왔다. 조선의 국왕은 수도를 버리고 멀리 신의주까지 피난을 와서 중국으로 끊임없이 사신을 보내 구원을 요청했다.

황제는 병사를 징집하는 격문을 보내고, 위생의 부친을 왜군을 정벌하는 장군으로 임명하여 3만 병사를 거느리고 멀리 요양[37]으로 가게 했다. 전쟁터는 사지死地인 데다가 멀리 동쪽 변방에 들어갔다가 언제 돌아올는지 알 수 없는 일이었다. 한편 위생의 부친은 그 막하에서 서기관書記官의 임무를 수행할 만한 마땅한 사람을 구하기가 어려웠다. 그리하여 그는 즉각 위생에게 편지를 보내 함께 계문[38]으로 가자고 했다.

위생은 부친의 편지를 읽고는 눈물을 흘리며 식음을 전폐한 채 마음을 잡지 못했다. 소숙방이 문득 슬픔을 억누르고 사리를 따져 가며 위생을 타일렀다.

"들건대 남자는 세상에 태어나 붉은 활을 들고 백마를 타고 싸

---

36. **배항과 운영의 만남** 당나라 때의 선비 배항裴航이 운교라는 부인의 소개로 남교藍橋에서 운영雲英이라는 미인을 만났다는 고사를 말한다.
37. **요양遼陽** 중국 요녕성의 지명.
38. **계문薊門** 북경성 서쪽의 지명.

움터에 나아가 죽음을 무릅쓰고 싸울 뜻을 가져야 하며, 철기鐵騎를 타고 병부[39]를 꿰어 차고는 마침내 큰 무공을 세워야 한다고 하더군요. 하물며 천하의 군센 병사를 모아 변방의 흉악한 무리를 섬멸하고자 하는 지금, 산을 누를 듯한 기세는 있으되 땅이 무너질 듯한 근심은 없으니, 훌륭한 공적을 세우고자 하신다면 지금이 바로 그 기회입니다. 어찌 오활한 선비의 모습을 보이며 끝내 서재를 지키고 앉아 계시려 합니까? 더구나 지금 아버님께서 변경 먼 곳에서 근심을 안고 계시건만, 아들 된 사람으로서 아버님의 괴로움을 어찌 모른 척할 수 있겠어요? 속히 돌아올 수 있을 테니 아버님의 뜻을 어기지 마셔요.

다만 제 팔자가 기구해서 세상사가 자주 어그러지더니, 좋은 인연을 맺자마자 슬픈 이별이 또 찾아오는군요. 인생이 얼마나 된다고 함께 기쁨을 누리는 날이 이리도 짧은지요? 이제 뜰의 오동나무 잎이 지고 바닷가 기러기가 구슬피 울며 달빛이 섬돌을 비출 때 누가 제 피리 소리를 들어 주겠어요? 새하얀 벽에 벌레만 울고 원앙새의 꿈도 차갑게 식어 저는 다시 애태우며 망부석이 되리니, 오직 낭군께서 하루빨리 돌아오시기만을 바랄 뿐입니다.”

말을 마치자 술을 마련하여 안채에서 작별의 자리를 가졌다.

---

39. **병부兵符** 임금이 장수에게 내리는 신표信標. 장수가 이것을 지니고 있어야 군대를 동원할 수 있다.

소숙방은 이이종 몇 명으로 하여금 「채련곡」[40]을 부르게 했다. 그 노랫말은 다음과 같다.

이슬 촉촉이 내리고 달은 강에 비꼈는데
노 젓다 멈춘 곳에 연꽃 가득 피어 있네.
연못의 나그네 그 누가 짝할까
서풍에 실려 오는 노래가 애간장을 끊네.

물결에 비친 달빛 연못에 가득한데
비단 치마에 옥 노리개 차고 배에 기대네.
간밤의 서풍에 붉은 꽃 떨어져
아름다운 정원에 향기 가득하네.

물 위의 미인이 비단옷 입고
부용 가득한 곳에서 작은 배를 돌리네.
밤새 바람 불어 강 가득히 그리운 마음인데
천 리 밖 변방에선 소식이 없네.

노래가 끝나자 소숙방은 연잎 모양의 술잔에 술을 따라 위생에

40. 「채련곡」採蓮曲 남녀가 서로 그리워하는 마음을 담은 노래.

게 건네며 손수 「임강선」⁴¹ 한 곡의 노랫말을 지어 불렀다.

> 비단 띠에 명검 차고 말에 오르니
> 천 리 변방에 돌아올 길 아득하네.
> 안개 속 계문劑門의 나무 저 멀리 희미한데
> 뜰 가득 시든 잎이 사립문을 가리네.

노래가 끝나자 좌중에 있던 사람 모두가 눈물을 흘렸다. 위생은 억지로 취토록 마시고는 부축을 받아 말을 타고 떠나갔다. 소숙방은 집 밖까지 따라 나가 통곡하다가 혼절했는데, 한참 뒤에야 깨어났다. 보는 이들이 모두 가련히 여겼다.

위생이 말을 달려 집에 이르러 보니, 장군은 북을 울리며 군사를 막 출발시키려던 참이었다. 위생은 간신히 그 뒤를 따랐다.

위생은 마음이 극도로 허한 데다 산을 넘고 강을 건너며 바람과 서리를 맞다 보니, 잠도 제대로 자지 못하고 밥도 제대로 먹을 수 없어 결국 예전의 병이 재발하고 말았다. 낯선 땅 낯선 곳에서 돌아갈 생각만 더욱 간절하여, 보는 것마다 마음을 슬프게 할 뿐이요 사람을 마주해도 아무 말이 없었다. 이런 위생을 보고 있자니 장군의 근심 또한 매우 컸다.

※※※※

41. **「임강선」**臨江仙 악곡 이름.

이느 날 밤 군대가 흥부[42]에 이르렀다. 병이 매우 위독해져 잠을 이룰 수 없던 위생은 침상에 기대앉은 채 시 한 편을 써서 벽에 붙였다. 그 시는 다음과 같다.

> 서리 가득한 외로운 성에 군대 머무니
> 지는 달빛 아래 뿔피리 소리 군막에 울리네.
> 등불 앞에서 괴로이 강남의 밤 생각노라니
> 기러기는 울며 초나라로 돌아가누나.

군막 안에 김생金生이란 사람이 있었는데, 그 또한 글재주가 뛰어난 인물이었다. 김생은 위생의 병이 위독한 것을 보고는 곁을 떠나지 않고 우스갯소리로 위생의 마음을 편안하게 해 주었다. 그러던 중에 위생의 금란선[43]을 빼앗아 부채 위에 시 한 편을 썼다. 그 시는 다음과 같다.

> 힘차게 우는 백마 타고서
> 용검龍劍 휘둘러 누란[44] 쳐부술 날 그 언제런가.
> 가을바람은 만 리 밖 변방에 불고

42. 흥부興府 홍화부興化府, 즉 의주義州에 있던 진鎭을 가리키는 것으로 추정된다.
43. 금란선金鸞扇 황금빛으로 난새 그림을 그린 부채.
44. 누란樓蘭 한나라 때 서역西域의 나라 이름.

피리 소리에 강남의 조각달 서늘하구나.

위생이 웃으며 말했다.

"자네의 시는 이렇게 호방한데 나는 슬프고 괴로운 소리만 내니, 우리 생각이 참으로 다르구만."

이러구러 몇 달이 지났다. 위생의 맥이 실낱같아 금방이라도 목숨이 끊어질 듯하자 부하 한 사람이 급히 장군에게 소식을 알렸다. 장군은 전투 계획을 뒤로 미루고 황급히 달려와 위생의 이마를 어루만지며 말했다.

"내 황제의 명을 받들어 천 리 길을 함께 왔다만, 부자간의 도리가 중하니 네 목숨을 꼭 구할 것이다. 너를 데리고 온 건 병약한 아비를 도와 달라는 뜻이었는데, 늙은 아비가 덕이 없어 네가 먼저 중병이 들고 말았구나. 하늘 끝에 칼 한 자루 들고 선 나는 이제 누구를 의지해야 할지? 전쟁터에 나와 약을 쓸 겨를도 없었으니, 내 참담한 마음이야 너도 잘 알겠지. 고향 땅이 비록 멀지만 돌아갈 길이 험하지 않으니 배를 타고 하룻밤이면 강남에 도착할 수 있을 게다. 마음을 편히 먹고 조금도 근심하지 말거라."

위생이 부친의 말을 듣고 고개를 드는데, 서글픔에 눈물이 줄줄 흘러내렸다. 마침내 장군의 손을 꼭 잡고 목메어 울며 이렇게 고하였다.

"소자의 남은 목숨은 재앙을 면하지 못할 것 같습니다. 전쟁터에서 지병이 더욱 심해져 편작[45]이 온다 해도 고치지 못하리니, 운명을 어쩌겠습니까? 다만 마음에 걸리는 건 아버지께서 변방에 와 아직 교전 한 번 못하신 채 자식의 죽음에 곡하며 상심하게 될 일입니다. 어려서는 재주가 없어 부모님께 영예를 끼치지 못했고, 커서는 부모님보다 먼저 세상을 떠서 평생 곁에서 모실 수 없게 되었으니, 이승에서나 저승에서나 제 죄는 용서받지 못할 것입니다. 저승에서도 이 원통함이 사라지지 않으리니, 어찌 제가 눈을 감을 수 있겠습니까. 저는 황량한 산에 떠도는 외로운 혼과 다를 것이 없습니다. 바라옵건대 제 뼈를 고향 선산에 묻어 주십시오."

위생은 말을 마치자마자 돌연 숨을 거두었다. 장군이 통곡하며 초상 준비를 서두르는 한편, 고향에서 장례를 치르고 선영先塋 곁에 묻도록 명하였다.

상여를 떠나보내는 날, 위생이 장군의 꿈에 나타나 이렇게 말했다.

"소씨 댁 낭자와는 정을 다 나누지 못했습니다. 살아서는 함께 살지 못했지만, 죽어서는 한 무덤에 묻히고 싶습니다."

그러고는 홀연 보이지 않았다. 장군이 놀라서 깨니 꿈이었다. 군막에 달이 지고 피리 소리와 북소리가 구슬프게 들려왔다. 이윽고 장군은 급히 심부름꾼을 불러 이렇게 말했다.

꽃꽃꽃꽃
45. **편작扁鵲** 전국시대의 명의名醫.

"죽은 아들이 꿈에 나타나 소씨 댁 문 앞에 들르기를 소원하니, 그 정이 참으로 애달프구나. 더구나 돌아가는 길이 회해[46]와 통하니 배로 가기가 매우 편할 것이다. 곧장 악주岳州로 가는 게 좋겠다."

부하들이 명을 받고 길을 떠났다. 열흘이 채 못 되어 과연 동정호로 들어섰는데, 세월이 흘러 많은 것이 바뀌어 있었다. 한 조각 붉은 명정[47]이 항구에 나부끼니 지나가던 나그네와 행상들이 배를 가리키며 말했다.

"뉘 집 상여이며, 멀리 어디로 가는 걸까?"

일행이 나루에 도착하여 소상국 댁을 묻자 갈래 머리를 땋은 여자 아이 하나가 놀라며 다가와 이유를 물었다. 사정을 자세히 알려 주자 그 아이는 소상국 댁으로 부리나케 뛰어가 소식을 알렸다.

온 집안이 울부짖고 가슴을 치며 곡하는 소리가 하늘까지 닿았다. 소숙방은 기막힌 소식을 듣자마자 비단 수건으로 목을 매어 자결했다. 상국이 애통해하며 위생과 숙방을 구의산[48] 아래에 함

46. 회해淮海 회수淮水 및 회수가 유입하는 일대의 황해黃海를 일컫는 말. 회수는 하남성 동백산桐柏山에서 발원하여 동쪽으로 안휘성 북부를 경유, 강소성으로 빠져나가 대운하大運河와 합류하는 강이다.
47. 명정銘旌 붉은 천에 흰 글씨로 죽은 사람의 관직이나 이름 등을 쓴 깃발.
48. 구의산九嶷山 창오산蒼梧山. 지금의 호남성 영원현寧遠縣 남쪽에 있는 산으로, 순임금이 이곳에서 죽었다고 전한다.

께 묻어 주었으니, 동서 양쪽에 나란히 높이 무덤이 길 왼편에 완연하였다. 이 이야기를 들은 사람들은 앞 다투어 이 일을 기록했다고들 한다.

옥소선

임
방

성종成宗 때의 이름난 재상이 평안도 관찰사를 지내던 시절의 일이다. 평안도는 예부터 아름다운 곳으로 이름이 높았는데, 강산과 누각의 빼어난 경치며 음악의 성대함이 팔도에서 으뜸이었다. 풍류를 즐기는 호걸스런 선비와 벼슬하는 재사才士 중에는 종종 한바탕 웃음을 위하여 3년을 머물다 가는 이도 있었다.

평안도의 기적[1]에 소녀 하나가 올라 있었으니, 이름은 자란紫鸞이요 호號는 옥소선[2]이었다. 나이가 열둘이었는데, 타고난 아름다움이 천하제일이었고, 노래와 춤은 물론 피리와 가야금 연주에 이르기까지 두루 뛰어났다. 게다가 재주와 식견이 있고 총명하며 시를 짓는 데도 빼어나, 이미 평안도에서 제일간다는 명성을 떨치고 있었다.

1. **기적妓籍** 기녀들의 이름을 등록해 놓은 장부.
2. **옥소선玉簫仙** '옥으로 만든 퉁소를 부는 선녀'라는 뜻.

한편 관찰사에게는 아들이 하나 있었는데, 그 또한 나이가 열둘이었다. 눈썹과 눈이 그린 듯이 아름답고, 어린 나이에 이미 경전과 역사서에 두루 통달했으며, 시를 짓는 재주가 민첩하여 붓을 잡으면 그대로 문장을 이루니, 세상 사람 모두가 신동이라고들 했다. 관찰사는 다른 자녀가 없이 오직 외아들 하나뿐인 데다 아들의 재주가 매우 빼어난 까닭에 자식에 대한 사랑이 특히 남달랐다.

관찰사의 생일날이었다. 관찰사가 손님을 초대하여 추향당³에 술자리를 마련하고, 많은 기녀와 악공들을 불러 모아 성대한 잔치를 열었다. 술이 거나해지면서 흥이 오르자 관찰사는 아들에게 일어나 춤을 춰 보라고 했다. 또 수기⁴를 불러, 동기⁵ 한 사람을 뽑아 자신의 아들과 함께 춤을 추게 해 잔치의 흥을 더욱 돋우라고 명하였다. 그러자 모여 있던 기녀들과 관아의 모든 사람들이 입을 모아, 자란의 아리따운 자태와 빼어난 기예가 관찰사 아드님에 짝할 만하며 게다가 나이까지 마침 동갑이라고 하였다. 마침내 자란으로 하여금 함께 춤을 추게 했다.

도령과 자란, 이 한 쌍의 남녀가 묘하게 춤을 추는데, 한들한들

3. 추향당秋香堂 '가을 향기 가득한 집'이라는 뜻.
4. 수기首妓 우두머리 기녀.
5. 동기童妓 어린 기녀.

한 움직임은 여러 버드나무와 같고 훨훨 나는 듯한 움직임은 제
비와 같았다. 자리에 앉아 그 춤을 보는 사람들이 모두 찬탄하며
그 신기한 재주를 칭찬해 마지않았다.

관찰사 역시 매우 기뻐하며 자란을 불러 상 옆에 앉힌 뒤 맛있
는 음식을 먹이고 값진 비단을 상으로 내렸다. 그리고 자란으로
하여금 아들 곁에서 차 시중이며 벼루 시중드는 일을 하게 했다.

이로부터 두 남녀는 항상 곁을 떠나지 않으며 함께 노닐게 되
었다. 몇 년이 흘러 두 사람이 장성해서는 사랑하는 사이가 되어
서로에게 흠뻑 빠져 깊은 정을 함께하니, 정생과 이와, 장랑과 앵
앵[6]의 사이도 이 두 사람만은 못하였다.

관찰사의 임기가 만료되었으나, 조정에서는 그가 은혜로운 정
치를 베풀었다고 평가하여 연임하게 했다. 그리하여 6년 만에 관
찰사 자리에서 물러날 수 있었다. 서울로 돌아갈 날이 다가오자
관찰사 부부는 아들이 자란과 떨어지기 어려워할 것을 근심했다.
자란을 남겨 두고 떠나자니 아들이 자란을 그리는 마음에 병이
들까 걱정이었고, 자란을 데리고 가자니 아직 미혼인 아들의 앞
날에 방해가 될까 봐 걱정이었다. 관찰사는 이러지도 저러지도

---

6. **정생과 이와, 장랑과 앵앵**   '정생'鄭生과 '이와'李娃는 당나라의 백행간白行簡이 지은 소설 「이와
전」李娃傳의 남녀 주인공이고, '장랑'張郎과 '앵앵'鶯鶯은 당나라의 원진元稹이 지은 소설 「앵앵
전」鶯鶯傳의 남녀 주인공이다. 「이와전」과 「앵앵전」은 당나라 때의 애정소설을 대표하는 작품들
이다.

못하는 상황에서 결단을 내리지 못하다가 이렇게 말했다.

"이 문제는 아이가 직접 결정하도록 해야겠소."

관찰사는 아들을 불러 말했다.

"남녀의 사랑에 대해서는 아비도 아들에게 가르칠 수 없는 법이니, 나 역시 네 마음을 막을 도리가 없다. 내가 보니 자란과 네가 사랑하는 정이 깊어 헤어지기 어려울 듯하구나. 헌데 너는 아직 혼인하지 않은 터라, 지금 만일 자란을 데리고 간다면 앞으로 혼인하는 데 방해가 되지 않을까 싶다. 다만 남자가 첩 하나 두는 거야 세상에 흔한 일이니, 네가 자란을 사랑해서 도저히 잊을 수 없다면 비록 약간의 문제가 있더라도 감당해야겠지. 네 뜻에 따라 결정하는 게 좋겠으니, 숨기지 말고 네 속마음을 말해 보거라."

도령이 서슴없이 이렇게 대답했다.

"아버지께선 제가 그깟 기녀 하나와 떨어진다고 해서 상사병이라도 들 거라 생각하십니까? 한때 제가 번화한 데 눈을 주긴 했지만, 지금 그 아이를 버리고 서울로 가면 헌신짝 여기듯이 할 겁니다. 그러니 제가 그 아이에게 연연하여 잊지 못하는 마음을 가질 리 있겠습니까? 아버지께서는 이 일로 더 이상 염려하지 마십시오."

관찰사 부부가 매우 기뻐하며 말했다.

"우리 아이가 진정 대장부로구나."

이별의 날이 왔다. 자란은 눈물을 쏟고 목메어 울며 도령의 얼굴을 차마 보지 못했다. 하지만 도령은 조금도 연연해하는 기색이 없었다. 관아의 모든 사람들이 그 광경을 보며 도령의 의연한 모습에 감탄했다. 그러나 실은 도령이 자란과 오륙 년을 함께 지내며 한시도 떨어져 본 적이 없었던 까닭에 이별이라는 게 도대체 어떤 것인지 알지 못했고, 그래서 호쾌한 말을 내뱉으며 이별을 가볍게 여겼던 것이다.

관찰사는 임무를 마치고 대사헌[7]에 임명되어 조정으로 돌아왔다. 도령은 부모를 따라 서울로 돌아온 뒤 차츰 자신이 자란을 그리워하고 있음을 깨닫게 되었다. 그렇지만 감히 내색할 수는 없는 일이었다.

감시[8]가 다가왔다. 도령은 부친의 명을 받아 친구 몇 사람과 함께 산속에 있는 절에 들어가 시험 준비를 했다. 그러던 어느 날 밤이었다. 벗들은 모두 잠들었는데, 도령 혼자 잠 못 이루고 뒤척이다 나와 뜰 앞을 서성였다. 때는 바야흐로 한겨울이라 쌓인 눈 위로 달빛이 환했고, 깊은 산 적막한 밤에 아무런 소리도 들리지 않았다. 도령은 달을 바라보다가 문득 자란 생각이 들며 마음이 서글퍼졌다. 한 번만이라도 자란의 얼굴을 보고 싶은 욕망을 억

---

7. **대사헌大司憲** 사헌부司憲府의 최고 책임자로, 종2품 벼슬이다.
8. **감시監試** 생원진사시生員進士試를 말한다. '소과'小科 또는 '사마시' 司馬試라고도 한다.

누를 수 없어 마치 실성한 사람처럼 되었다.

마침내 도령은 한밤중에 절을 뛰쳐나와 곧장 평양으로 향했다. 털모자에 쪽빛 비단옷을 입고 가죽신을 신은 채 길을 걷노라니 10여 리도 채 못 가서 발병이 나 걸을 수가 없었다. 시골 농가를 찾아가 신고 있던 가죽신을 내주고는 짚신을 얻어 신었고, 털모자를 벗어 던지고 그 대신 해지고 테두리가 뜯어진 벙거지를 얻어 머리에 썼다.

길을 가며 밥을 빌어먹다 보니 늘 굶주릴 때가 많았고, 여관 한 귀퉁이에 빌붙어 잠을 자다 보니 밤새도록 추위에 몸이 얼었다. 도령은 부귀한 집의 자제인지라, 기름진 음식만 먹고 화려한 비단옷만 입으며 곱게 자라 왔다. 대문 밖 몇 발자국도 나가 본 적이 없던 귀하신 몸이 졸지에 천 리 길을 걸어가려니, 쩔뚝쩔뚝 엉금엉금 아무리 애써 봐도 남은 길은 멀기만 했다. 게다가 굶주림에 추위까지 더하여 온갖 고생을 다 겪어야 했다. 옷은 해져서 여기저기 구멍이 나고, 얼굴은 여위고 까매져서 마치 귀신의 형상을 보는 듯했다. 산 넘고 물 건너 한 걸음 한 걸음 앞으로 나아가 한 달 남짓 만에야 드디어 평양에 이를 수 있었다.

곧장 자란이 본래 살던 집을 찾아가 보니 자란은 없고 그 어미가 홀로 있을 따름이었다. 자란의 어미는 도령을 보고도 누군지 알아보지 못했다. 도령이 다가가서 사정을 설명했다.

"나는 전관 사또의 아들일세. 자네 딸을 잊지 못해 천 리 길을 걸어왔네. 어디 갔는지 모르는가?"

어미가 그 말을 듣고는 달갑지 않은 표정으로 말했다.

"우리 딸은 새로 오신 사또 아드님께 총애를 받아 밤낮으로 산 속 정자에서 함께 살고 있답니다. 사또 아드님께서 잠시도 밖에 나가는 걸 허락하지 않으셔서 집에 못 온 지가 벌써 몇 달이나 됐지요. 도련님이 먼 길을 오셨지만 만날 길이 없으니 퍽 한스럽게 됐군요."

그러고는 뜨악한 태도를 보이며 대접할 뜻이 없었다. 도령은 이렇게 생각했다.

'자란을 보러 왔건만 볼 길이 없고, 그 어미 또한 나를 이리 박대하니 몸 붙일 곳이 없구나!'

진퇴유곡이라 어찌할 바를 몰라 주저하고 있는데, 문득 예전 일이 떠올랐다. 부친이 관찰사를 지낼 때 관아의 아전 하나가 중 죄를 지은 일이 있었다. 그 아전은 사형 판결을 받을 것이 확실했고 달리 용서받을 길도 없었는데, 도령 홀로 아전의 처지를 불쌍히 여겨 아침저녁으로 부친께 문안 인사를 할 때마다 그 사람을 살려 주십사 주선하는 데 정성을 쏟았다. 결국 관찰사는 도령의 말을 받아들여 그 아전의 목숨을 살려 주었다.

도령은 이렇게 생각했다.

'이 사람에게는 내가 생명의 은인인 셈이니 찾아가면 며칠쯤이 야 좋은 대접을 해 주지 않겠는가.'

도령은 자란의 집을 나와서 물어물어 아전의 집을 찾아갔다. 아전 역시 도령을 못 알아보기는 마찬가지였다. 도령이 이름을 밝히며 예전 일을 언급하자 그제야 깜짝 놀라며 절하고 맞아들였다. 아전은 안방을 깨끗이 치워 도령을 거처하게 하고 진수성찬을 올렸다.

도령은 그 집에 며칠 머물며 아전과 함께 자란을 만나 볼 계책을 궁리했다. 아전이 한참 생각하더니 이렇게 말했다.

"아무리 머리를 맞대고 궁리해도 방법이 정말 없군요. 얼굴만이라도 한번 보고 싶으시다면 한 가지 방법이 있긴 합니다만, 제 말씀을 따라 주실지 모르겠군요."

도령이 방법을 묻자 아전은 이렇게 말했다.

"지금 눈이 온 뒤라 관아에서는 눈을 치우기 위해 성안에 사는 사람들을 차출하고 있는데, 제가 마침 이 일을 담당하고 있습죠. 도련님이 인부들 중에 섞여서 비를 들고 산속 정자로 가 눈을 치우시면 정자에 자란이 있을 테니 그 얼굴을 볼 수 있지 않겠습니까? 이거 말고는 다른 길이 없습니다."

도령이 그 꾀를 따라 이른 아침에 인부들과 함께 산속 정자로 들어가 비를 들고 뜰 앞의 눈을 쓸었다. 신임 관찰사의 아들은 창을 열고 문 곁에 기대앉아 있었고, 자란은 방 안에 있어 보이지 않았다. 다른 인부들은 모두 건장한 사내들이어서 눈 치우는 일을 거뜬히 해내고 있었지만, 유독 도령만은 비질하는 것이 서툴

리서 일하는 모습이 남들과 썩 달랐다. 관찰사 아들이 도령의 일하는 꼴을 보고는 깔깔 웃더니 자란을 불러 저 밖에 저것 좀 보라고 했다.

자란이 방 안에 있다가 부르는 소리를 듣고 나와 앞마루에 섰다. 도령은 쓰고 있던 벙거지의 앞쪽 챙을 걷어 올리고 자란을 올려다보았다. 자란 역시 도령을 한참 동안 뚫어져라 쳐다보았다. 그러더니 돌연 방으로 들어가 문을 닫고는 그 뒤로 다시 나오지 않았다. 도령은 풀이 죽은 채 슬픔에 잠겨 아전의 집으로 돌아왔다.

자란은 본래 총명한 사람인지라, 단번에 그 사람이 도령임을 알아차렸다. 자란이 말없이 앉아 눈물을 흘리고 있자 관찰사의 아들이 이상히 여겨 왜 그러냐고 물었다. 자란은 계속 입을 굳게 다물고 있다가 관찰사 아들이 거듭해서 간절히 이유를 묻자 비로소 이렇게 대답했다.

"저는 천한 사람이온데, 어쩌다 서방님의 넘치는 총애를 받게 되었습니다. 밤에는 비단 이불을 함께 덮고 낮에는 진귀한 음식을 함께 먹으며 저를 잠시도 집에 가지 못하게 하신 지가 벌써 서너 달이 되었네요. 저는 지금 지극한 행복을 누리고 있으니 원망하는 마음이라곤 조금도 없어요. 다만 한 가지 마음에 걸리는 일이 있답니다. 저는 집이 가난하고 어미가 늙어, 아버지 제삿날만 돌아오면 집에 있으면서 관아에서 이런저런 것들을 빌려다가 간신히 몇 그릇 음식을 마련해 제사를 올리곤 했어요. 하지만 제가 지금 이곳에 갇힌 몸이 되었으니, 내일이 아버지 기일忌日이건만 집에는 노모 혼자뿐이라 필시 제사 음식을 마련하지 못했을 거라는 생각이 들어요. 문득 이런 생각을 하다 보니 자연히 슬퍼져 눈물을 흘리게 되었던 거지, 다른 이유가 있었던 건 아니어요."

관찰사 아들은 자란에게 빠진 지 이미 오래된 터라, 자란의 말을 듣자 측은한 마음이 들어 조금도 의심치 않고 이렇게 말했다.

"그런 사정이 있으면 왜 진작 말하지 않았느냐?"

그러고는 즉시 제사 음식을 성대하게 갖추어 자란에게 주며 집에 가서 제사를 지내고 오라고 했다.

자란이 허둥지둥 집으로 돌아와 어미에게 말했다.

"전관 사또 아드님이 오신 걸 봤어요. 분명 우리 집에 계실 줄 알았는데 안 계시니 대체 어디로 가신 거죠?"

어미가 말했다.

"그 도련님이 과연 너를 보겠다고 먼 길을 걸어 며칠 전 우리 집에 오긴 왔었지. 하지만 네가 이미 관아에 묶인 몸이라 만날 길이 없다고 말해 줬더니 그냥 제 발로 돌아가더구나. 그 사람이 지금 어딨는지야 내가 어떻게 알겠니?"

자란이 울며불며 어미를 질책했다.

"그게 사람으로서 할 도리입니까? 어머닌 어떻게 그러실 수가 있어요? 동갑인 도련님과 제가 열두 살일 때 관찰사 어르신의 생일잔치에서 춤추던 날, 관아의 모든 사람들이 도련님의 짝으로 저를 지목했었어요. 사람들이 그렇게 맺어 주었다고는 하나 실은 하늘이 정한 짝이었던 거예요. 이게 바로 제가 도련님을 저버릴 수 없는 첫째 이유예요.

그날 이후로 단 하루도 곁을 떠나지 않았으며, 자라서는 서로에게 사랑의 감정을 갖게 되었어요. 우리 두 사람의 사랑하는 정과 짝을 얻은 기쁨은 고금에 전례가 없을 거예요. 도련님이 비록 저를 잊는다 해도 저는 죽을 때까지 잊을 수 없으니, 이게 바로 제가 도련님을 저버릴 수 없는 둘째 이유예요.

전임 사또께서는 저를 사랑하는 아들의 여자로 여겼으며, 미천한 몸이라 해서 차별을 두지 않으셨어요. 저를 어여삐 여기는 마음이 깊으셨고 내려 주신 상도 많았어요. 이토록 하늘 같은 은혜를 받는 건 세상에 드문 일이지요. 이게 바로 제가 도련님을 저버릴 수 없는 셋째 이유예요.

평양은 사방으로 통하는 큰 도시라, 높은 벼슬아치며 존귀한 사람들이 끊임없이 오가는 곳이에요. 여기서 제가 많은 사람을 보아 왔지만, 타고난 천품이 빼어나고 재주가 민첩하면서도 넉넉하기로는 도련님만 한 사람이 없었어요. 저는 늘 이분께 몸을 의탁하겠다는 생각을 가져 왔으니, 이게 바로 제가 도련님을 저버릴 수 없는 넷째 이유예요.

도련님이 저를 버린다 해도 저는 저버릴 수 없건만, 제가 못난 탓에 죽음으로 절개를 지키지 못하고 위세에 눌려 지금 새로운 서방님께 웃음을 바치고 있지요. 그런데도 좋은 행실이 없는 미천한 것에게 무슨 볼 것이 있다고 천 리를 멀다 않고 걸어오셨는지. 이게 바로 제가 도련님을 저버릴 수 없는 다섯째 이유예요.

이뿐만이 아니어요. 도련님이 어떤 귀인이십니까? 그런 분이 일개 천한 기생을 위해 엎어지고 자빠지며 먼 길을 오셨으니, 제 입장에서 어찌 괄시할 수 있겠어요? 제가 비록 집에 없었다 해도 그래요. 도련님이 예전에 저를 아껴 주던 정과 제게 베풀었던 은혜를 기억하신다면 밥 한 그릇이라도 해 올리며 우리 집에 머물게 하셨어야 하지 않나요? 사람의 도리로서 차마 할 수 없는 일을 어머니가 하셨으니, 제 마음이 안 아플 수 있겠어요?"

자란은 한참 동안 운 뒤에 조용히 뭔가를 생각하더니 이렇게 말했다.

"이 성안에 도련님이 머물 만한 곳이 달리 없으니, 필시 그 아전의 집에 계실 거야!"

곧바로 일어나 아전의 집으로 달려가 보니 과연 그곳에 도령이 있지 않은가. 두 사람은 손을 마주 잡고 하염없이 눈물을 흘리며 한마디 말도 하지 못했다.

이윽고 자란은 도령을 자기 집으로 데려와 술과 안주를 성대하게 마련해 올렸다. 밤이 되자 자란이 도령에게 말했다.

"내일이면 다시 만나기 어려울 테니, 어쩌면 좋죠?"

두 사람이 마침내 은밀히 의논하여 도망갈 계획을 세웠다. 자란은 옷상자에서 비단옷을 꺼낸 다음 옷 속에 든 솜을 모두 끄집어내고, 또 약간의 금과 진주, 비녀와 패물 등 가벼운 보배들을 꺼내어 각각 보따리를 싸 두었다.

이윽고 밤이 깊어지자 두 사람은 자란의 어미가 깊이 잠든 틈을 타 보따리를 이고 지고 몰래 달아났다. 양덕과 맹산[9] 사이의 깊은 골짜기 안으로 들어가서는 시골 촌가에 몸을 의탁했다.

처음에는 그 집 머슴살이를 했는데, 도령은 천한 일을 제대로 해내지 못했다. 하지만 자란이 베 짜기와 바느질을 잘했으므로 그 덕분에 겨우 입에 풀칠을 할 수 있었다. 그리하여 얼마 뒤에는 마을에 몇 칸짜리 초가집을 짓고 살게 되었다. 자란이 베 짜기와 바느질을 부지런히 하며 밤낮으로 쉬지 않았고, 또 지니고 온 옷가지와 패물을 팔아서 먹을 것과 입을 것을 마련하니 살림이 아주 궁핍하지는 않았다. 자란은 또 이웃과도 잘 지내며 환심을 샀기에, 사방 이웃들이 새로 이사 온 젊은 부부가 가난하게 사는 것을 안타까이 여기며 도움을 주었으므로 마침내 자리를 잡을 수 있었다.

예전에 도령이 절을 뛰쳐나왔을 때의 일이다. 절에서 함께 공

---

9. **양덕과 맹산** 평안도의 고을 이름. '양덕'은 지금의 평안남도 동부의 양덕군에 해당하고 '맹산'은 양덕군 북쪽의 맹산군에 해당한다.

부하던 도령의 친구들은 아침에 일어나 도령이 보이지 않자 깜짝 놀랐다. 친구들은 즉시 승려들과 함께 온 산을 샅샅이 뒤졌지만 끝내 도령의 종적을 찾을 수 없었다. 도령의 집에 소식이 전해지자 온 집안 사람들이 소스라치게 놀랐다. 많은 하인들을 풀어 절 부근 수십 리를 며칠 동안 샅샅이 뒤져 보았지만 역시 그 자취를 찾을 수 없었다. 모두들 이렇게 말했다.

"요사한 여우에게 홀려서 죽었거나 호랑이 밥이 된 게 틀림없다."

결국 도령의 상을 치르고 빈 무덤 앞에서 제사를 지냈다.

신임 관찰사의 아들은 자란이 달아난 뒤 서윤[10]으로 하여금 자란의 어미와 친척을 모두 가두고 자란의 행방을 쫓게 했으나, 몇 달이 지나도 종적을 알 수 없자 포기하고 말았다.

자란은 도령과 자리를 잡고 살아가던 어느 날 도령에게 이렇게 말했다.

"당신은 재상 가문의 외아들이건만 한낱 기생에게 빠져 부모를 버리고 달아나 외진 산골에 숨어 살며 집에서는 살았는지 죽었는지조차 알지 못하니, 이보다 더 큰 불효는 없을 것이며 이보다 나쁜 행실은 없을 거예요. 이제 우리가 여기서 늙어 죽을 수는 없는

---

10. 서윤庶尹 종4품의 관직으로, 평안감사를 보좌하는 역할을 했다.

일이요, 그렇다고 지금 얼굴을 들고 집으로 돌아갈 수도 없는 일이어요. 당신은 앞으로 어쩌실 작정인가요?"

도령이 눈물을 줄줄 흘리며 말했다.

"나도 그게 걱정이지만, 어떡해야 좋을지 모르겠소."

자란이 말했다.

"오직 한 가지 방법이 있긴 해요. 그런대로 과거의 허물을 덮는 동시에 새로운 공을 이룰 수 있어, 위로는 부모님을 다시 모실 수 있고 아래로는 세상에 홀로 나설 수 있는 길인데, 당신이 할 수 있을지 모르겠어요."

도령이 물었다.

"대체 어떤 방법이오?"

자란이 말했다.

"오직 과거에 급제해서 이름을 떨치는 길 한 가지뿐이어요. 더 말씀 안 드려도 무슨 말인지 아시겠지요?"

도령이 몹시 기뻐하며 이렇게 말했다.

"참으로 좋은 계책이오. 하지만 어디서 책을 구해 읽는단 말이오?"

자란이 말했다.

"당신은 걱정할 거 없어요. 제가 다 마련해 볼 테니."

이날부터 자란은 사방의 이웃들에게 이렇게 말하고 다녔다.

"값을 따지지 않고 책이란 책은 무조건 삽니다."

그러나 깊은 산속 외진 마을인지라 오래도록 책을 구할 수 없었다.

어느 날 문득 행상行商 하나가 마을에 책 한 권을 팔러 왔다. 마을 사람이 도배할 종이로 쓰겠다며 그 책을 사려던 것을 자란이 가져와 도령에게 보여 주었다. 그 책은 근래의 과거 시험 답안지 중 임금께 올리는 문체의 글을 모아 놓은 것이었다. 글씨가 깨알 같이 박혀 있는데 책의 크기는 됫박만큼이나 커서, 거의 수천 편의 글이 적혀 있었다. 도령이 책을 보고는 신이 나서 말했다.

"이 책 한 권이면 충분하오."

자란은 즉시 책값을 치렀다.

도령은 책을 얻은 뒤로 읽고 외기를 쉬지 않았다. 밤이면 등불 하나를 밝혀 두고 도령이 왼쪽에 앉아 책을 읽으면 자란은 오른쪽에 앉아 실을 자았다. 두 사람이 불빛을 나눠 쓰며 각자의 일을 하다가 도령이 혹 조금이라도 게으름을 피울 양이면 자란은 그때마다 매섭게 꾸짖으며 더욱 분발하게 했다.

그렇게 3년이 흘러갔다. 도령은 본래 글재주가 뛰어났던 터라 시 짓는 실력이 쑥쑥 늘었고, 과거 문장을 짓기 위한 구상이 가슴속에 가득하여 붓만 놀리면 그대로 문장이 이루어졌다. 넉넉하고 아름다운 문장이 견줄 데가 없어 과거 급제는 떼어 놓은 당상이었다.

때마침 나라에서 알성시¹¹를 베푼다는 소식이 있었다. 자란은 양식을 마련하여 짐을 꾸려 주며 도령으로 하여금 서울로 과거를 보러 가게 했다.

도령이 서울까지 걸어가 성균관 시험장 안으로 들어섰다. 이윽고 임금께서 친히 납시어 문제를 내셨다. 도령이 거침없이 붓을 휘두르니 생각이 샘물처럼 용솟음쳐 단번에 글을 써내고 시험장을 나왔다. 합격자 명단이 작성되어 임금께서 밀봉한 봉투를 열게 하니, 도령이 과연 장원이었다.

이때 도령의 부친은 이조판서로서 임금을 곁에서 모시고 있었는데, 임금께서 이조판서를 가까이 부르더니 이렇게 말씀하셨다.

"지금 장원급제 한 이가 경卿의 아들인 듯한데, 부친의 직위를 '대사헌'이라 적었소. 무슨 이유가 있소?"

그러고는 장원급제자의 답안지를 보여 주었다. 도령의 부친이 이를 보고는 자리에서 한 걸음 물러나 눈물을 흘리며 이렇게 대답했다.

"신臣의 아들이 맞습니다. 3년 전 친구들과 절에서 글공부를 하고 있었는데, 어느 날 밤 갑자기 실종되어 끝내 종적을 찾을 수 없었습니다. 필시 맹수에게 죽임을 당했으리라 여겨 빈 무덤을 만들고 장례를 치렀으며 이미 탈상까지 했습니다. 신에게는 다른

---

11. **알성시謁聖試** 임금이 성균관에 거둥하여 문묘文廟에 참배한 뒤 보이던 과거.

자식이 없고 오직 이 아이 하나뿐인데 재질이 퍽 준수했습니다. 그러다 뜻밖에 아끼던 자식을 잃고 말았으니, 슬퍼하고 상심하는 마음이 그때나 지금이나 한결같습니다. 그런데 지금 이 답안지를 보니 과연 제 자식의 글씨이옵니다. 이 아이가 실종되던 때 신의 직책이 대사헌이었으므로 이렇게 썼을 것입니다. 하오나 이 아이가 3년 동안 어디 있다가 지금 나타나 과거 시험을 보게 되었는지는 신 또한 도무지 알 길이 없습니다."

임금께서 그 말을 듣고 기이한 일이라 여기고는 즉시 도령을 불러들이게 하셨다. 도령은 합격자를 알리는 방문榜文이 붙기 전이라 유생儒生의 복장으로 들어와 임금 앞에 섰다. 이날 임금을 곁에서 모시던 신하들 모두가 전례에 없던 광경을 보고 얼굴빛이 확 달라졌다.

임금께서 도령이 어떻게 절을 나가게 되었는지, 또 3년 동안 어디에 살았는지 등을 친히 물으시자, 도령은 자리에서 물러나 머리를 조아리고 이렇게 말했다.

"신은 무도無道하여 부모를 버리고 달아났으니 인륜을 저버리는 죄를 범하였습니다. 중벌을 내려 주시옵소서."

임금께서 말씀하셨다.

"임금 앞에서 숨기는 것이 있어서는 안 된다. 비록 잘못이 있더라도 죄를 주지는 않을 테니 사실대로 말해 보아라."

도령이 즉시 전후 사정을 자세히 아뢰니, 곁에 있던 신하들이 모두 귀를 쫑긋 세우고 그 말을 경청하였다. 임금이 몹시 감탄하고 기이하게 여기며 도령의 부친에게 다음과 같이 하교하셨다.

"경의 아들이 이제 지난날의 잘못을 뉘우치고 공부에 힘쓴 결과 마침내 과거에 급제하여 조정에 서게 되었소. 남자가 젊은 시절에 잠시 여색에 빠진 것은 깊이 허물할 일이 아니니, 과거의 죄를 모두 용서하고 훗날 좋은 결실을 맺을 수 있도록 격려하는 게 좋겠소. 자란의 경우, 함께 산속으로 달아나 숨어 지낸 일도 기이하거니와, 더욱이 경의 아들이 과거 시험을 보도록 방책을 세워 지난날의 잘못을 만회할 길을 찾게 하면서 책을 사서 열심히 학업에 매진하도록 격려하기까지 했으니 그 뜻이 참으로 가상하오. 기생의 신분이라고 해서 천하게 여겨서는 안 될 사람이니, 경의 아들을 다시 혼인시키지 말고 자란을 정실로 삼게 하는 게 좋겠소. 자란에게서 난 아들이 중요 관직에 나아가는 데 아무런 지장이 없을 것임을 보장하겠소."

그러고는 합격자를 발표하게 하셨다.

이리하여 도령의 부친은 임금 앞에서 아들을 찾게 되었다. 도령이 머리에 계수나무 꽃을 꽂고 말에 올라 풍악을 울리며 집으로 돌아오자 온 집안이 깜짝 놀라며 기뻐 어쩔 줄 몰랐다. 도령의 부모는 임금의 명에 따라 가마를 보내 자란을 맞이해 왔다. 그러고는 성대한 잔치를 베풀고 마침내 자란을 도령의 정실부인으로 삼았다.

그 뒤로 도령은 재상의 반열에 오르게 되었다. 부부가 백년해로하며 아들 둘을 두었는데, 두 아들 모두 과거에 급제하여 높은 벼슬을 지냈다.

도령의 집에서 맹산에 있는 자란을 맞이해 오던 날, 도령은 장원급제자이므로 곧장 6품 벼슬을 받아 병조좌랑[12]에 임명되었다. 자란은 좌랑의 아내 자격으로 가마를 타고 서울로 들어왔다. 지금도 맹산 사람들은 도령 부부가 살던 마을을 좌랑촌佐郎村이라 부른다고 한다.

꽃꽃꽃꽃

12. 병조좌랑兵曹佐郎 병조兵曹의 행정 실무를 총괄하는 정6품 벼슬.

이 책에 실린 네 편의 작품은 17세기와 18세기에 창작된 애정소설이다. 본래 이 작품들은 모두 한문으로 창작되었다. 네 작품 중 「옥소선」 한 편은 해피엔딩이지만, 나머지 작품들은 모두 비극적 결말을 보여 준다. 이 참담한 비극적 결말 앞에서 우리는 인생 혹은 사랑의 어떤 숨겨진 본질과 마주하게 되고, 그 결과 잠시 상념에 잠기며 쓸쓸하면서도 숭고한 감정에 사로잡히게 된다. 이것이 바로 비극이 주는 감동이다. 그래서 아리스토텔레스는 자신의 저서 『시학』에서 희극보다 비극이 더 숭고하고 본질적인 장르라고 말했던 것이다.

흔히 한국 고전에는 비극이 없다는 말들을 하곤 한다. 그러나 이 작품들에서 확인되듯이 그것은 잘못된 생각이다. 17세기 전반까지 우리 소설의 주류는 청춘 남녀의 애절한 사랑을 담은 한문 중단편 애정소설이라 할 수 있는데, 김시습의 『금오신화』에 실린 「이생규장전」이나 이 책에 실린 「운영전」 같은 작품이 바로 그 대표작에 해당한다. 17세기 후반 이후 장편소설이 등장해 큰 인기를 얻고 그 밖에 다양한 성격의 중단편소설들이 연이어 등장하면서 우리 소설사에서 애정소설이 차지하는 비중은 다소 줄어들게 되었다. 그렇긴 하지만 18세기로 접어들어서도 「심생전」 같은 빼어난 소품이 나와 전前 시대에 이룩한 애정소설의 높은 성취를 계속 이어갔다. 독자의 이해를 돕기 위해, 작품의 출처라든가 창작 배경, 주목되는 점이라든가 문학사적 의의 등에 대해 간단히 언급해 두기로 한다.

■■■ 「심생전」沈生傳은 이옥李鈺(1760~1812)이 창작한 작품이다. 이옥의 호는 문무자文無子 또는 매화외사梅花外史이다. 이옥은 요즘 말로 하면 '튀는' 필치로 인정세태를 생생하고 곡진하게 잘 묘사한 작가로, 정조正祖 때 명성을 얻었다. 그러나 결국 이 때문에 정조의 문체반정文體反正에 걸려 유배 가게 되었고, 이로 인해 평생 벼슬하지 못한 채 불우하게 지냈다. 『문무자문초』文無子文抄, 『매화외사』梅花外史 등의 저서가 전하는데, 「심생전」은 『매화외사』에 실려 있다.

「심생전」은 신라 말 고려 초 무렵에 창작된 것으로 추정되는 「최치원」, 조선 초기의 『금오신화』, 17세기의 「운영전」 등 비극적 감정이 도드라진 우리나라 애정소설의 적통嫡統을 잇는 작품이다. 비극적 정조情調를 띤 애정소설은 대체로 깊은 여운을 남기면서 주인공의 좌절된 사랑 이면에 놓인 사회 현실을 심각하게 반성하게 하는 힘을 갖는다.

「심생전」은 비록 대단히 짧은 작품이지만, 간결하고 절제된 필치로 두 남녀의 만남과 헤어짐을 솜씨 있게 그려 내면서 앞선 애정소설들의 성취를 훌륭히 계승하고 있다. 정취 있는 대목이 참으로 많은데, 매일 밤 여인의 집 앞에서 밤을 지새우는 심생에 대한 여인의 복잡하고 착잡한

내면 심리를 묘사하는 작가의 은유적 필치는 너무도 함축적이고 시적
인바, 이 작품의 백미라 할 만하다. 장르를 막론하고 우리나라 고전 작
품 중 사랑에 직면한 여인의 복잡다단한 내면과 그 깊은 심리적 고민
의 과정을 이토록 생생하고 운치 있게 그려 낸 작품은 아마 달리 없으
리라 생각한다.

       ···「운영전」雲英傳은 우리 고전소설을 통틀어 몇 손가
락 안에 꼽히는 걸작으로 평가된다. 이 작품은 17세기 전반에 창작된
것으로 추정되는데, 작자는 알려져 있지 않다. 비슷한 시기의 명편들
로 꼽히는「주생전」과「최척전」이 각각 당대의 손꼽히는 문인인 권필
과 조위한의 작품이라는 점에서 볼 때 역시 당대의 유명 문인의 손에
서 나온 작품이 아닐까 추측되나 아직 확실한 것은 알지 못한다.『삼
방록』三芳錄이라는 애정소설집에「상사동기」相思洞記(일명 '영영전' 英英傳),
「왕경룡전」王慶龍傳과 함께 실려 전한다.
「운영전」은 김진사와 운영의 이루지 못한 사랑을 근간으로 삼아 궁녀
로 대표되는 억압된 여성의 꿈과 슬픔을 담아냈는데, 그 문제의식과
표현의 수준이 대단히 높다. 인물에 대한 접근도 매우 복합적이어서
조역에 해당하는 자란 등의 궁녀들에 대한 세심한 성격화가 돋보이며,
남녀 주인공의 사랑을 가로막는 안평대군에 대해서도 단순히 악인이
라고만 평가할 수 없도록 그 나름의 성격 부여가 이루어져 있다.
근대소설을 방불케 하는 중층 액자 구조, 여성의 이야기를 여성의 목
소리로 말하게 한 발상, 등장인물이 읊조리는 시와 스토리 전개 간의

긴밀한 연관, 작품 도처에 보이는 풍성한 세부 묘사 등의 측면에서도
「운영전」은 단연 빼어난 성취를 보여 준다. 거시적으로 볼 때, 이 작품
은 중세적 예교禮敎의 억압에 반대하면서 '인간 감정의 해방'을 긍정하
는 방향으로 나아가고 있던 당대 동아시아 문예의 전반적 흐름을 대담
하면서도 탁월하게 반영하고 있다. 「운영전」은 이처럼 작품의 흥미와
메시지 양면에서, 우리 고전소설의 최고봉이라 일컬어지는 『금오신
화』와 『구운몽』과 견주어도 손색이 없는 걸작이다.

　　　•••• 「위경천전」韋敬天傳은 단편 애정소설로서는 예외적
으로 중국인을 주인공으로 내세운 작품이다. 이국적인 풍경 속에 남
녀 주인공의 질풍노도 같은 사랑과 임진왜란의 발발로 인한 참전 때문
에 맞게 되는 예기치 않은 이별을 그리고 있다. 비록 주인공이 중국인
으로 설정되어 있긴 하나, 사랑만이 유일한 희망이고 그 희망이 깨졌
을 때 더 이상 삶의 의욕을 갖지 못한다는 점에서 우리나라 비극적 애
정소설의 기본 구도를 충실히 따르고 있다고 할 만하다.
이 작품은, 임진왜란의 발발로 인한 참전으로 연인과 이별하게 된 주
생이라는 중국인 청년을 주인공으로 내세운 권필權韠(1569~1612)의 「주
생전」周生傳을 모방하여 창작되었다. 연구자 중에는 이 작품이 권필의
작作이라고 말하는 이도 없지 않지만, 그 문체나 솜씨로 볼 때 권필의
작품으로 보기 어렵다.

　　　•••• 「옥소선」玉簫仙은 임방任堕(1640~1724)이 창작한 작품

이다. 임방은 숙종 때의 문신으로 호는 수촌水村이며, 대사성·공조판서·우참찬을 역임했다. 저술로 문집인 『수촌집』水村集과 야담집인 『천예록』天倪錄이 전하는데, 「옥소선」은 『천예록』에 실려 있다.

「옥소선」의 원제목은 '소설인규옥소선'掃雪因窺玉簫仙인데, 우리말로 풀이하면 '눈을 쓸면서 옥소선을 엿보다'라는 뜻이다. 작품의 인상적인 한 장면을 제목으로 취한 것이다.

「옥소선」은 이 책에 실린 다른 작품들과 달리 '행복한 결말'을 가진 작품이다. 고전소설의 '해피엔딩' 하면 흔히 권선징악류의 뻔한 스토리를 연상하게 되지만, 이 작품은 그런 예상과 달리 매우 흥미로운 서사를 담고 있다. 사랑하는 사람과의 이별이란 게 어떤 것인지 모르던 귀공자가 의연한 태도로 연인과 헤어지는 장면, 그러던 그가 이별 뒤에야 비로소 사랑을 깨닫고 모든 것을 내팽개치고 연인을 찾아 먼 길을 떠나는 장면, 연인의 얼굴을 먼발치에서나마 보고 싶어 천한 사람으로 위장해 눈을 치우는 장면 등은 서사의 내적 필연성과 박진감을 느끼게 하기에 족하다. 이 가운데 특히, 친구들과 산사山寺에 들어가 공부를 하던 중 어느 날 새벽에 내린 하얀 눈을 보고서는 옥소선이 자신이 사랑하는 사람임을 비로소 깨닫는 장면은 이 소설의 백미 중 백미라 할 만하다.

같은 줄거리의 작품이 『청구야담』 등 후대의 여러 야담집에도 수록되어 있는데, 후대 작품에서는 옥소선이 남주인공의 첩이 되는 것으로 마무리되는 데 반해 「옥소선」에서는 정실正室이 되도록 설정한 점도 눈여겨볼 필요가 있다. 중세적 신분 질서에 비추어 볼 때 이런 설정은 매우 대담하고 파격적인 것이기 때문이다.

모든 가치가 쉽게 휘발되고 변질되는 세상이다. '지고
지순의 가치'라든가 '진심'은 점점 더 발붙일 곳을 잃어 가고 있는 것
처럼 보인다. 어디에서 길을 찾을 것인가. 아무쪼록 우리의 순수한 마
음을 되찾거나 되돌아보는 데 이 책에 수록된 네 편의 사랑 이야기가
작은 도움이 되기를 바란다.